W0354826

COURRIER DU CORPS

Thérèse Bertherat est kinésithérapeute. Son premier livre, *Le corps a ses raisons*, a été traduit dans plus de treize pays.

Carol Bernstein est l'auteur de deux romans, *Le Rival invincible* et *La Part secrète*.

DES MÊMES AUTEURS

Thérèse Bertherat

Le corps a ses raisons :
auto-guérison et anti-gymnastique
(en collaboration avec Carol Bernstein)
Seuil, 1976
et « Points », n° P493

Les Saisons du corps
Albin Michel, 1985

Le Repaire du tigre
(avec des photos de Charles Degot)
Seuil, 1989

À corps consentant
(en collaboration avec Marie Bertherat
et Paule Brung)
Seuil, 1996

Carol Bernstein

Le Rival invincible
Seuil, 1983

La Part secrète
Denoël, 1999

Thérèse Bertherat
Carol Bernstein

COURRIER DU CORPS

Nouvelles voies de l'anti-gymnastique

BIEN-ÊTRE

Illustrations d'Andrée Vilar

Éditions du Seuil

Pour tout renseignement sur l'anti-gymnastique
et le travail de Thérèse Bertherat
vous pouvez consulter le site www.antigymnastique.com.

TEXTE INTÉGRAL

ISBN 978-2-7578-0727-9
(ISBN 2-02-005528-7, 1re publication)

© Éditions du Seuil, 1980 et Points, 2008, pour la préface

Le Code de la propriété intellectuelle interdit les copies ou reproductions destinées à une utilisation collective. Toute représentation ou reproduction intégrale ou partielle faite par quelque procédé que ce soit, sans le consentement de l'auteur ou de ses ayants cause, est illicite et constitue une contrefaçon sanctionnée par les articles L. 335-2 et suivants du Code de la propriété intellectuelle.

Préface

Je reviens vers vous. Après presque trente années. En fait, nous ne nous sommes jamais quittés. Il y a plus de trente ans paraissait *Le corps a ses raisons* et ce livre fut le début d'un interminable dialogue entre vous et moi. Dialogue silencieux. Beaucoup de lettres que vous m'écriviez. Vraiment beaucoup. Les messageries électroniques n'existaient pas encore. Et de mon mieux, j'ai répondu. Jamais assez. Vous m'en faisiez le reproche. Vous me disiez : avoir écrit ce livre d'espoir, espoir de se libérer d'une foule de maux, mal au dos, mal aux jambes, à la tête, au cœur, au ventre, mal partout. Espoir de comprendre enfin quelque chose à notre propre corps et de l'habiter avec bonheur. Pourquoi ce livre si vous n'êtes même pas capable de nous recevoir, de nous soigner, de nous guérir ? Pourquoi nous laisser seuls ?

Un jour, j'ai décidé de répondre et ma réponse fut ce livre que vous avez entre les mains. J'y mettais mon cœur, mais je ne pouvais m'empêcher de répondre vertement. « Oui, j'ai écrit que vous pouviez le faire. Mais je n'ai pas écrit que je pouvais vous le faire, que j'allais vous le faire. » Pour certain, ce livre, ce fut l'étonnement, l'incompréhension : la sainte, la mère, la grande sœur idéale se transformait subitement en marâtre. Ou pire encore, en femme ordinaire, dénuée de tout pouvoir.

La réaction fut plus forte encore dans les pays où il a été immédiatement traduit, et où *Le corps a ses raisons* était déjà tant aimé. Avec l'éloignement, la demande était sans doute plus pressante et voici que l'icône perdait ses dorures. Le miel devenait amer.

Dans ce livre, j'ai voulu faire le point sur mon travail d'anti-gymnastique au nom assez rugueux. Dans les années 1980, les premières déferlantes de la vogue du corps envahissaient déjà les librairies. J'ai voulu expliquer comment cette anti-gymnastique qui repose sur de solides bases anatomiques permet d'avoir le corps en ordre, d'aplomb. Et avec le corps, l'esprit. Et comment les lois du corps, pour être méconnues, n'en sont pas moins fondamentales.

Et alors, quoi de nouveau ? Davantage de corps, toujours plus, le culte du corps, la dictature du corps, le corps d'abord… Vous devriez être satisfaite, me dit-on. Il y a de nouveau non pas « le corps » qui est comme abstrait, exploitable, façonnable, soumis, dressé, dompté, mais votre corps, le vôtre, le vrai, avec ses lois vieilles de millions d'années. Je dis qu'il est nouveau parce que ses lois, ses exigences, sa sauvagerie, sa tendresse, sa force, ses pouvoirs restent à découvrir, que tout ce bruit à propos du corps ne fait que nous écarter de sa réalité vivante et parce que la plupart des gens continuent d'être tirés à hue et à dia, cerveau d'un côté, corps de l'autre.

Aujourd'hui, ce « courrier du corps », je veux le dédier à cette jeune femme qui est venue me voir un soir ; elle portait sur son cœur, comme on porte un blessé, un petit livre couvert de pansements de papier. Elle me montra la couverture. Un visage de femme que l'on devinait derrière des barreaux. Sous la couverture, des caractères hermétiques. Elle me dit que ce livre traduit en persan, usé d'avoir été lu et relu tant de fois, l'avait accompagnée en prison. Elle me montra mon nom en caractères persans sur la couverture. Plus tard, mon éditeur me dit ne pas être au courant de cette édition clandestine.

Je veux dédier ce livre à cet homme, âgé et voûté, qui s'approcha de moi dans cette librairie à Buenos Aires. Lui aussi portait avec tendresse un de mes livres couvert de ruban adhésif et dont les pages s'ouvraient toutes seules et montraient leurs balafres d'avoir été tant soulignées et annotées. Il me dit que ce livre était son compagnon depuis trente ans dans une vie pas facile.

Je veux dédier ce livre à ces jeunes garçons et filles qui viennent, souriant malicieusement, me dire qu'ils ont trouvé mes livres dans la bibliothèque de leurs parents et même parfois de leurs grands-parents.

Thérèse Bertherat
Paris, le 15 septembre 2007

1

Je voudrais l'impossible…

Je voudrais que ce livre soit fait d'autres choses que de mots. De sensations, par exemple, de silences. Je voudrais que ce livre soit sans personnalité, sans charme et qu'il ne fasse rêver ni vous ni moi. Je voudrais que ce livre soit sans auteur, en tout cas sans narratrice, sans « je », car le « je » qui est fait de mots devient jeu de mots, un jeu dans lequel se perdent auteur et lecteurs et dans lequel tous deux sont finalement perdants.

Pourquoi de tels désirs ? Pourquoi ce ton presque désabusé ? Parce que je tiens à éviter que recommence pour moi et pour vous l'expérience qui a suivi la parution de mon premier livre, *Le corps a ses raisons*. D'une extrême richesse, cette expérience m'a cependant prouvé que ce livre, considéré presque unanimement comme une réussite, fut aussi un échec.

Mon but principal dans *Le corps a ses raisons* était de faire découvrir certains concepts et pratiques révolutionnaires. Il me semblait plus sympathique, plus simple, d'en parler à travers ma rencontre avec eux. Ainsi, sans en soupçonner les conséquences, je devins un personnage dans un livre. Mais ce personnage, au lieu d'éclairer les idées du livre, les a éclipsées. Partiel, quasiment fictif car n'existant qu'à travers des mots, il devint pour un très grand nombre de lecteurs l'intérêt principal du livre.

Autant les concepts et pratiques exposés étaient forts, rigoureux, autant le personnage s'avérait malléable. On en faisait ce qu'on voulait : une sainte spécialisée dans les miracles, une désorceleuse qui saurait lever les mauvais sorts, une mère parfaite, une grande sœur idéale, une amante potentielle. Comme d'un personnage de roman, le lecteur se servait de cette Thérèse Bertherat-là pour y puiser une sagesse, pour confirmer son expérience, pour le secourir dans sa solitude.

Plutôt qu'un livre documentaire plein d'informations nouvelles et inédites, *Le corps a ses raisons* devint sous les yeux d'un grand nombre de ses lecteurs une sorte de roman ou plutôt un livre blanc où le lecteur ne lisait que ce qu'il y avait inscrit ou ce qu'il avait imaginé.

Comment est-ce que je le sais ? Par le courrier. Plus de quinze mille personnes m'ont écrit pour me parler de leur lecture. Mais plusieurs milliers faisaient référence à un livre que je n'ai pas écrit, un livre qui ne pouvait être que la création de mon correspondant, et qui était souvent l'antithèse du mien.

Mais de quoi est-ce que je me plains ? Ne suis-je pas satisfaite d'avoir apporté de l'aide aux autres, quelle que soit sa nature ? Non, je ne le suis pas. Ce n'est pas pour apporter un soulagement ou une planche de salut trouvable ailleurs, dans des centaines de livres, dans les courriers du cœur, dans les émissions de radio, que j'ai écrit un livre, mais pour révéler une découverte révolutionnaire – celle de Françoise Mézières – et une méthode non pas de soulagement, mais de *gué-*

rison. Quand on apporte quelque chose de renversant, comment pourrait-il être satisfaisant de le voir transformé en béquille, permettant de se tenir plus confortablement dans sa position habituelle ?

Je voudrais le possible...

Dans ce livre, je voudrais redire d'une manière plus claire et plus détaillée ce que j'ai appris de Françoise Mézières. Car je sais maintenant que son concept de base se laisse capter assez facilement dans un premier temps par l'intelligence, mais qu'il est en danger à chaque instant d'être rejeté par une tête-corps pleine de vieux mots et d'automatismes qui résiste – de toutes ses forces et de toutes ses ruses – à l'assimiler.

Plus encore que dire et redire mes certitudes, je voudrais mettre en question certaines des idées qui me paraissaient il y a peu de temps encore parfaitement évidentes. Mais pour que cette mise en question vaille la peine d'être publiée, ne faudrait-il pas qu'elle engendre la mise en question des lecteurs par eux-mêmes ?

Je voudrais que dans ce livre, ceux qui ont lu le premier, ceux qui m'ont écrit ou m'ont rencontrée, ceux qui se font soigner chez moi se reconnaissent et ne se trompent pas. Mais aussi je voudrais écrire un livre fidèle à moi-même où je me reconnais telle que je suis aujourd'hui dix ans après le début du récit du *Corps a ses raisons*, trois ans après sa parution.

Je voudrais décrire mes recherches pendant ces trois années d'une thérapie globale qui soigne la personne tout entière, et mes expériences personnelles avec les techniques existantes qui prétendent le faire. Je voudrais dire où j'en suis et, ce faisant, essayer de voir plus clairement et les obstacles à ce travail d'approfondissement et les lieux où il peut mener dans les temps à venir. Je voudrais écrire un livre non pas de réponses, mais de questions.

Au risque de me trouver encore plus seule, professionnellement, que je ne le suis aujourd'hui, je voudrais situer avec précision mon travail parmi les techniques corporelles et psychocorporelles qui se propagent depuis quelques années. Car le corps est maintenant à la mode ; mais si une véritable mode culturelle naît d'un besoin réel ou d'une réaction fondée, il y a toujours des praticiens parasites ou, pis encore, bien intentionnés mais peu compétents qui en profitent, la font dévier, dégénérer.

Il arrive souvent qu'après le succès d'un premier livre l'auteur ne soit que trop content de se servir de sa réussite pour en faire un deuxième. Mais, comme je l'ai dit, le premier m'intéresse surtout dans la mesure où il a échoué. Sinon il y a longtemps déjà que j'aurais pu écrire *Le corps a d'autres raisons encore* ou *101 préalables de plus*, ou *Les Recettes de bien-être de Thérèse Bertherat*. Mais voilà, c'est *Courrier du corps* que j'écris en me demandant si son sous-titre ne devrait pas être *Le corps a ses raisons avait-il raison ?* Le présent livre, long à venir, abordé avec beaucoup plus d'appréhension que le premier, je voudrais qu'il soit plus dur, moins consolant, plus proche de la vérité, et donc plus douloureux à lire.

Quant aux mots, je voudrais les confronter aussi franchement que je le peux, ne pas les manier à la légère, mais comme les bombes qu'ils sont. Car si dans le premier livre j'ai pu les définir hâtivement comme étant « traîtres, contradictoires, fugitifs », et n'accorder d'importance véritable qu'aux sensations, aujourd'hui je dois reconnaître leur immense pouvoir de rendre malade et de guérir, de blesser à mort et de faire revivre. Je ne peux plus les taire dans mon travail ou dans ma vie, je ne le veux plus.

Mais je vous ai assez énuméré mes désirs et mes intentions. Il est temps que moi aussi je me rende à la proposition des derniers mots du *Corps a ses raisons* : « Osons commencer. »

À l'intention de ceux qui n'ont pas lu mon premier livre et comme rappel pour ceux qui l'ont lu, je voudrais résumer ici les principes de base de mon travail. Certains restent pour moi inébranlables. Je voudrais simplement en parler un peu différemment, un peu plus. D'autres seront, dans le courant de ce livre, mis en question, reconsidérés, approfondis, je l'espère. Commençons avec le concept révolutionnaire de Françoise Mézières : *La cause unique de toute déformation corporelle est le raccourcissement (inévitable) de la musculature postérieure.*

Autrement dit, les muscles de l'arrière de votre corps, depuis la plante des pieds en passant par vos mollets, vos fesses, votre dos, votre nuque jusqu'au sommet de votre crâne, sont, par la force des choses, trop courts, trop raides, trop forts. Ils sont contractés en profondeur, serrés comme des poings, surdéveloppés et, avec leur énorme puissance, ils tirent sur vos articulations et déforment votre corps de mille manières. Que veut dire « la force des choses » ? Voici quelques précisions :

1. Comme tout le monde peut le constater en regardant n'importe quel livre d'anatomie, les muscles postérieurs sont plus nombreux et ont davantage d'insertions sur les os que les muscles du devant du corps.

2. 97 % des muscles de l'arrière du corps sont de longs polyarticulaires et constituent une chaîne continue du sommet du crâne au bout des pieds (tandis que les muscles du menton au thorax forment une ligne brisée).

3. Cette chaîne musculaire postérieure est non seulement conçue pour assumer une très grande partie des efforts du corps, mais sa construction fait que l'ensemble des muscles postérieurs se comporte comme un seul muscle. Ainsi toute action localisée provoque le raccourcissement de la chaîne entière. Lever le bras au-dessus des épaules, écarter les jambes à plus de 45°, des centaines de mouvements que nous faisons chaque jour, sans y penser et certainement sans bien sentir ce que nous faisons, font travailler l'ensemble de notre musculature postérieure, la rigidifient, la « cimentent ». On ne peut pas y échapper ; on est fait comme ça. Personne d'ailleurs, aucun médecin, aucun professeur, ne le nie ou ne le réfute.

Mais ce n'est pas tout. Chaque fois que vous vous crispez, vous braquez, vous bloquez, chaque fois que vous vous énervez, vous raidissez un muscle postérieur ou un autre (et donc tout l'ensemble). Car c'est par l'action musculaire que vous vous exprimez, que vous en soyez conscient ou non.

Que deviennent alors les muscles du devant de votre corps ? Ils deviennent mous. Pourquoi ? Parce que ces muscles-là sont les antagonistes des muscles postérieurs qui se substituent à eux la plupart du temps. Plus nombreux, organisés en chaîne continue, les muscles postérieurs prennent « la vedette » et ne laissent aux muscles antérieurs que les seconds rôles.

Il est donc inévitable que votre corps se déséquilibre, se déforme. À l'exception des mutilations et des déformations congénitales, il existe des dizaines de déformations dont la cause est l'excès de force de la musculature postérieure : lordose, scoliose, cyphose, arthrose, genu valgum, pieds plats, pieds creux, quintus varus…

Si vous souffrez d'une de ces déformations, vous pouvez, « à votre corps consentant », être guéri par la méthode Mézières. C'est le message principal que j'ai voulu transmettre dans *Le corps a ses raisons*. Ce message a été reçu par des milliers de personnes, des médecins, des kinésithérapeutes classiques désireux d'apprendre – enfin – à guérir, et surtout par des personnes souffrantes qui ont fait appel à moi pour que je les soigne ou pour que je leur indique d'autres « méziéristes ».

Cette réaction a été très satisfaisante pour moi. Mais il est important de parler ici de ceux qui n'ont rien compris. Pas par manque d'intelligence, mais parce qu'il leur est plus nécessaire de maintenir l'organisation de leur déséquilibre habituel que de rétablir un équilibre sain. Je vous en parlerai plus loin ainsi que des thérapeutes de toutes sortes qui se veulent « ouverts », mais n'ont pas plus conscience de leurs œillères professionnelles que de leurs raideurs musculaires.

Le deuxième concept découle du premier : *La structure détermine le comportement*. Ce qui veut dire : la forme de votre corps détermine la manière dont vous fonctionnez. Cette idée paraît fataliste si l'on n'ajoute pas le plus important : la forme est malléable (même parfois quand il s'agit de déformations décrétées « fixées » par la médecine traditionnelle). À première vue, cette idée peut aussi paraître évidente. Mais elle n'est rien de moins que révolutionnaire.

Traditionnellement, on considère, au contraire, que le dysfonctionnement ou la maladie détermine la forme du corps, la déforme. On dit, par exemple, que l'affaissement de votre voûte plantaire a été à l'origine de la déformation des articulations de vos genoux et de vos hanches, et non pas l'inverse. On soigne donc « les pieds plats ». On les soigne (exercices localisés, semelles orthopédiques) mais on ne les guérit pas. Comment le pourrait-on puisqu'on s'acharne à atténuer l'effet sans éliminer la cause ? Et – je me répète, mais jamais je ne le répéterai assez – à l'exception des mutilations et malformations congénitales, la cause unique de toute déformation corporelle est le raccourcissement (inévitable) de la musculature postérieure.

Je crois que cette idée (« la structure détermine le comportement ») conduit à une lecture juste non seulement du fonctionnement physique, mais aussi du comportement psychique (en fait indissociables). Par exemple, une personne qui souffre d'« instabilité de caractère », et dont on dit qu'elle n'a pas les pieds par terre, peut découvrir la cause de son problème dans le fait réel et objectif de ne pas pouvoir placer fermement ses pieds par terre. Peut-être a-t-elle eu la hanche endommagée lors d'une chute, dans la première enfance. Pour se protéger contre la douleur (dont elle ne garde certainement aucun souvenir), elle a déformé sa démarche, s'est créé une organisation personnelle pour se tenir – tant bien que mal – en équilibre instable, et a ainsi compromis son équilibre psychique. À suivre…

Le troisième concept me semble la conclusion logique du précédent. Puisque notre forme est modifiable, puisque nos tensions peuvent lâcher, nos malformations disparaître et notre équilibre se rétablir, alors : *Nous sommes tous (en puissance) beaux et bien faits.*

La rigoureuse description que fait Françoise Mézières de la beauté, de ce qu'elle appelle la forme parfaite et qui n'est autre que la forme normale du corps, a été vivement contestée sur le plan esthétique et sur le plan moral. Disons pour le moment qu'il s'agit de *tendre* vers cette perfection, et que je reste en parfait accord avec cette idée.

Une autre idée, raison d'être de mes groupes d'anti-gymnastique, me tient particulièrement à cœur : *On ne tombe pas malade, on glisse lentement dans la maladie (d'où la nécessité de prendre conscience de son corps tant qu'il est relativement sain).* Les préalables (mouvements d'anti-gymnastique), qui tiennent rigoureusement compte de la découverte de Françoise Mézières, sont préventifs, destinés aux « bien portants ». Mais si chacun connaît la sensation d'avoir mal, combien savent ce que c'est que d'« avoir bien » ?

Pour la plupart, avoir bien est simplement ne plus avoir mal. Ainsi il s'agit pour moi d'aider mes élèves à prendre conscience de leurs raideurs (postérieures inévitablement), mais aussi, au fur et à mesure que ces raideurs disparaissent, de prendre conscience d'une sensation toute nouvelle : le plaisir du mouvement sans entrave.

Il me semble maintenant que le terme « prendre conscience » ne peut plus être utilisé comme s'il allait de soi. Qu'est-ce que c'est exactement, la prise de conscience ? Où la prend-on ? Ne serait-il pas plus juste de dire « prise d'inconscience », ou « prise sur l'inconscient » ?

Personne ne peut vous apprendre ce que vous ne savez déjà (du moins inconsciemment). C'est une idée exprimée ouvertement et entre presque toutes les lignes du *Corps a ses raisons*, une idée souvent confirmée par ceux qui m'ont remerciée d'avoir dit enfin ce qu'ils sentaient au plus profond d'eux-mêmes depuis longtemps. Mais combien d'autres ont cru et croient encore – y compris certains de mes patients et élèves – que c'est moi qui détiens le secret de leur corps. Combien m'ont écrit, joignant enveloppe-réponse et timbre, pour que je leur envoie la réponse à l'énigme de leur vie.

J'ai gardé pour la fin une idée qui est dite et redite tout le long du premier livre et qui m'avait toujours semblé banale, évidente et capitale. Aujourd'hui je la mets en question vigoureusement et pour de nombreuses raisons. La voici en une phrase : *L'autonomie est souhaitable et atteignable.*

Parmi les raisons qui m'ont obligée à reconsidérer cette idée il y a des centaines de lettres de personnes qui se disaient bouleversées par le livre ; d'accord avec tous ses principes, ils me suppliaient néanmoins de les prendre en charge !

Parlons de ce courrier qui a inspiré le titre du présent livre et qui m'a fait douter de la « réussite » du premier.

Il y a quelque temps, une chanson d'Alain Souchon eut beaucoup de succès. Si les lettres portaient des titres, beaucoup de celles que j'ai reçues s'appelleraient : « Allo maman, bobo... »

Il n'est pas dans mon intention de faire de l'humour ou de dénigrer ceux qui ont écrit ces lettres souvent déchirantes. Ces correspondants disaient mettre tous leurs espoirs en moi, ne demandaient parfois qu'une consultation ou des conseils par écrit. Mais à qui le demandaient-ils ? À un personnage imaginaire, magique, mythique, né de leurs besoins, de leurs fantasmes, trouvé dans un livre qu'ils me remerciaient d'avoir écrit, mais qu'en fait ils avaient ré-écrit pour leur usage personnel.

De nombreuses personnes ont réagi à la lecture de ce qu'ils appellent « votre histoire » en rédigeant la leur, ou ce qu'ils tiennent pour en être « l'essentiel ». Des lettres de dix, douze, quinze pages racontent traumatisme sur catastrophe. Aucun signe de plaisir, aucun signe de vie n'apparaît dans ces autobiographies qui commencent par une naissance pénible suivie de maladies d'enfance, misères d'adolescence, accidents de toutes sortes, mariage désastreux, enfants ingrats, travail insatisfaisant, deuils insurmontables intercalés dans la description minutieuse d'ordonnances, de traitements, de cures, d'opérations, et illustrés d'autoportraits en pied (avec flèches pour indiquer où ça fait mal), de photos (où s'esquisse toujours un sourire « pour le photographe »). Vers la fin il y a souvent la promesse de m'envoyer sous pli séparé des lettres de médecins ou des radios (« si cela peut vous être utile ») et, en dernier, ces mots : « Sauvez-moi, madame, vous seule le pouvez », ou bien : « Vous êtes mon dernier espoir. »

J'ai beau voir clairement la tentative de chantage dans ces dramatiques appels au secours, je n'en suis pas moins émue, frustrée. Comment répondre à ces personnes qui se disent persuadées que ma main, ma voix, mon regard, mes soins peuvent défaire leur vie et la refaire. Croient-ils vraiment que je suis plus forte qu'eux, que je vais pouvoir déceler le secret qu'il y a si longtemps ils ont hermétiquement scellé à l'intérieur d'eux-mêmes, parce que rien – aucune maladie, aucune détresse – ne pouvait être plus terrible que sa révélation ?

Ou bien leurs longues lettres ne seraient-elles, en fait, que des invitations : venez lutter avec moi. Certains de leur victoire, peut-être préparent-ils déjà dans leur imagination une lettre au challenger suivant (qu'ils rencontreront dans un autre livre), lettre dans laquelle ils pourront ajouter à la liste de leurs traitements : « Soigné(e) en 1979 par Thérèse Bertherat qui, naturellement, n'a rien pu faire pour moi… » avant de conclure : « Vous êtes mon dernier espoir. »

Espoir. *Le corps a ses raisons* est un livre d'espoir. On me l'a souvent écrit, et c'est vrai. Ce livre porte un message d'espoir : « Vous le pouvez. » Non pas : « Je le peux pour vous. » Non pas : « Je le peux malgré vous. » Pas étonnant que ce message ne soit que partiellement reçu. Il est très dur de voir confirmer ce que l'on sait – sans le savoir, sans vouloir le savoir – depuis toujours.

Sur papier à en-tête luxueux, j'ai reçu une autre lettre qui me disait : « Vous êtes mon dernier espoir », mais ce n'étaient pas les mots de la fin. Il y avait un P.-S. : « Quels sont vos tarifs ? » Pour cette personne, comme pour beaucoup d'autres, il y a un conflit profond entre corps et biens.

Souvent ceux qui mettent le prix (quel qu'il soit) pour s'habiller trouvent excessif le prix (quel qu'il soit) de la nudité élégante. Avoir « une fortune sur le dos » leur paraît normal. Entreprendre un traitement suivi, qui peut devenir coûteux à la longue, pour se guérir de leur scoliose ne va nullement de soi. Pour beaucoup de personnes, un corps épanoui est un luxe, un cadeau qu'ils ne peuvent pas s'offrir. Il est essentiel pour eux que le corps soit privation, punition, culpabilité. « Allo maman, bobo. Comment tu m'as fait ? J'suis pas beau », dit le refrain. Et beaux ils ne peuvent le devenir – à aucun prix – sans trahir leur mère, sans lui être déloyal. Pour eux, dépenser de l'argent pour prendre possession de leur corps relève d'une tentative de racheter leur corps à leur mère. Régler son compte chez un thérapeute ressemble trop au règlement de comptes qu'ils ne se sont jamais permis de faire.

Pour le thérapeute aussi, la tarification pose un problème. Comment facturer un travail sans prix ? Autant essayer de fixer la valeur de sa personne, de l'expérience de toute une vie. Autant essayer de mettre un prix sur sa fatigue, sur les « heures supplémentaires » pendant lesquelles on reste absorbé par un patient rentré depuis longtemps chez lui et qui, lui, dort tranquillement. Comment facturer au patient la beauté, la santé, *la vie* qu'on peut lui rendre à condition qu'il n'impose pas lui-même des limites, à condition que la technique du thérapeute soit juste et que son œil, son oreille, sa main et sa force énergétique soient exceptionnels. (Il n'y a pas de mystère : un travail abouti ne peut se faire sans ces conditions-là.)

Des méziéristes déconventionnés (et on ne peut pratiquer cet art qui demande de longues séances d'une heure et demie, parfois deux heures, que si on l'est) optent parfois pour les tarifs dits « démocratiques » en fonction non pas du travail, mais des possibilités financières du patient. Ils pensent avoir ainsi mis l'argent hors du jeu. Il n'en est rien, comme cet incident le démontre.

J'ai soigné à tarif réduit pendant des mois un homme de cinquante ans qui travaillait dans une entreprise de maçonnerie. Après avoir fait une chute de huit mètres sur un chantier de construction, il avait failli mourir, mais en était « sorti » avec la rate éclatée, le bassin et les vertèbres lombaires sévèrement endommagés. Il gardait une jambe plus courte que l'autre et un port très raide. Mais surtout ce qui frappait chez cet homme était l'expression à la fois digne et douloureuse de son beau visage, une expression immuable qui semblait être sienne depuis toujours.

Cet homme ne parlait jamais. Il ne me disait ni bonjour ni au revoir et ses séances se passaient dans un silence que j'hésitais à rompre tant j'avais l'impression qu'il lui était vital. Un jour, après quelques minutes de travail, son visage s'est tordu comme un masque de terre sous les pouces d'un sculpteur. Il se mit à pleurer, des sanglots qui résonnent encore dans mes oreilles. Il dit alors deux phrases. La première : « Je ne suis pas tombé de l'échafaudage, j'ai sauté dans le vide. » Quelques instants après, un sourire hagard sur les lèvres, il me dit : « Pour cette séance, j'ai envie de vous payer le plein tarif. »

Mais revenons à ces lettres qui me firent douter qu'aucun livre sur le corps – aussi populaire soit-il – puisse être « bien lu ».

De nombreux maris m'ont écrit « pour ma femme ». Le mari va bien, mais elle, elle est « déprimée » ou « ne supporte pas la ménopause » ou « elle a toujours mal quelque part bien que les médecins disent qu'elle n'a rien ». Ils proposent de me « l'amener » au jour et à l'heure qui me conviennent.

Parfois une femme écrit « pour mon mari ». Il a « de grands problèmes qui gâchent sa vie et la mienne. Des maladies psychosomatiques. Un ulcère, des migraines, des périodes d'impuissance… Je n'y peux rien car il n'a pas en lui les ressources de volonté ». Elle souhaite obtenir un rendez-vous auquel elle aussi assisterait ou, à défaut, demande « les préalables que je peux lui faire faire et qui seraient les mieux appropriés à son cas ».

Une autre femme affirme : « Vous pourriez m'aider dans mes rapports avec mon fils. Il achève sa puberté mais il est trop petit. Peut-on par des massages du pied lui donner une chance de prendre un ou deux centimètres. »

D'autres m'ont écrit « pour mon fils de vingt-huit ans qui a mal résolu son complexe d'Œdipe », « pour ma fille de trente-cinq ans qui est mal à l'aise en société », « pour ma fille et mon gendre qui n'ont pas une vie conjugale normale ».

Comment répondre à ces gestionnaires acharnés et aveugles de la vie des autres ? Si je leur disais qu'eux ne vont pas aussi bien qu'ils le croient, qu'ils sont partie intégrante du problème de leur femme, de leur mari, de leur enfant, que leurs efforts pour les « aider » sont nuisibles et irrespectueux, liraient-ils mieux ma lettre que mon livre ? J'en doute.

J'ai reçu beaucoup de lettres très intéressantes de personnes en analyse demandant de participer à mes groupes d'anti-gymnastique parce que leur corps n'avait pas eu assez de place sur le divan. « Je fais une psychanalyse qui m'a apporté beaucoup, mais je dirais jusqu'à une certaine limite, qui n'est autre que celle de mon corps. » Ou bien : « Cette forme de réflexion m'a beaucoup aidé, mais mon pauvre corps a du mal à suivre et souffre d'être délaissé. »

À l'encontre de ces personnes à la recherche d'elles-mêmes, il y en a d'autres qui confient cette tâche à des spécialistes-détectives privés et attendent de lire leur procès-verbal. Ils substituent la prise (multiple) en charge à la prise de conscience. « J'ai informé mon psychiatre et mon médecin traitant que je comptais vous contacter. Je pourrais ultérieurement vous donner leurs coordonnées si vous désirez les joindre pour discuter ensemble de mon cas. » J'étais tentée de lui écrire en commençant par « Cher cas… » Je crains d'ailleurs que cette allusion à son « cas » dans un livre ne lui donne une bien traîtresse satisfaction.

Plusieurs psychanalystes ont demandé à faire un travail personnel avec moi et d'autres ont encouragé leur patient à me consulter, faisant ainsi preuve d'une grande ouverture d'esprit et de corps. En revanche, un psychiatre éminent a dû lire mon livre en diagonale (peut-être méprisait-il son langage à la portée de tout le monde). Il a pu ainsi me demander par lettre de recevoir un jeune dépressif « pour le mobiliser un peu ». Tournure regrettable mais sur laquelle j'aurais pu passer si elle n'avait pas été suivie par ces mots : « Je tiens beaucoup à ce qu'il fasse du tennis deux fois par semaine et je me permets de vous demander d'appuyer ce conseil auprès du malade et de ses parents. »

Quand je vis le jeune homme, je compris que son psychiatre ne faisait pas une meilleure lecture des corps que des livres. Le garçon d'apparence inerte était, en fait, à peu près aussi raide qu'une raquette de tennis. Il ne pouvait pas tourner la tête avec assez d'aisance pour *regarder* un match. Quant à jouer… !

De toute manière, il n'était pas question pour moi – et il ne le sera jamais – d'appuyer les conseils de qui que ce soit. Je ne suis pas là pour faire pression sur mes patients ou pour les convaincre (ou leurs parents) de quoi que ce soit, mais pour les aider à sentir ce qu'ils ont fait de leur corps : piège, prison ou havre. À eux de vouloir vivre autrement… ou pas.

Depuis quelque temps, je mets en question mes propos concernant l'autonomie. Si tant de correspondants n'ont pas écouté mon appel à l'autonomie, à la prise en charge de soi-même par soi-même, c'est peut-être qu'il sonnait faux ou bien comme un absolu qui n'était pas à prendre à la lettre. C'est vrai que dans *Le corps a ses raisons* j'en ai parlé comme d'un bien incontestable, un but essentiel à atteindre. Je vois maintenant que je n'avais pas tenté de comprendre toutes les implications de ce mot, et cela parce que personnellement je n'étais pas prête à le faire. À cette époque-là, j'étais persuadée qu'il était impératif non seulement de réduire ses dépendances, mais de les éliminer. Il fallait être capable de refuser toute aide, de trouver en soi tout ce dont on avait besoin. Il le fallait parce qu'il me le fallait. Je n'avais pas compris qu'un fervent désir d'autonomie pouvait naître aussi de la peur d'être dévoré par un autre, d'y perdre son identité ; que l'autonomie pouvait devenir un état pathologique menant jusqu'à l'isolement total, la rupture avec la vie, qu'on pouvait en mourir comme, desséchée, meurt une abeille qu'on éloigne de sa ruche.

Trois ans après, il me semble non seulement que l'autonomie est dangereuse parce qu'elle mène à l'isolement, mais qu'elle n'a de sens que si on la vit parmi les autres. Je dirais même qu'un « test » de son autonomie est de pouvoir être pleinement soi parmi les autres, tout en reconnaissant qu'on peut être aidé par eux comme on peut les aider parce que, justement, on ne cherche pas à leur obéir, parce qu'on ne cherche pas à leur fournir ce qu'ils demandent par peur de ne plus être aimé. Il serait plus juste donc de parler d'interdépendance plutôt que d'autonomie. Mais il ne faut pas se leurrer : il n'est pas plus facile de trouver un rapport d'interdépendance sain entre soi et les autres qu'il n'est facile de trouver l'équilibre juste de son corps. Comme il existe de faux équilibres du corps destinés à garder enfouie une souffrance occulte, il y a des interdépendances mortifères dont le but est de maintenir dans les ténèbres une vérité inavouable ou désavouée. Cette complicité autour d'un secret, qu'elle soit partagée par parents et enfants, amants, ou thérapeute et patient, est une forme d'interdépendance certes, mais elle n'est pas la bonne. Elle ne mène nulle part, sinon vers la stagnation. Tout cela est pour moi très difficile à exprimer avec les mots... mais ce serait impossible sans eux. Les sensations, l'intuition, les messages du corps sont de première importance mais ne suffisent pas. Pour aborder ces rapports complexes et archaïques, je reconnais enfin qu'il faut aussi les mots, qu'on se cherche aussi en cherchant ses mots. Tous les « grands mots » d'ailleurs – autonomie, interdépendance, responsabilité – sont particulièrement difficiles à saisir et à manier parce qu'ils sont lourds de sens, chargés à la fois d'une force de vie et d'une force de mort.

Ce sont les mots d'une lettre écrite par une femme outrée, blessée qui m'ont amenée à définir ce qu'est pour moi « la responsabilité ». Comme elle, son écriture avait une scoliose. D'après les courbures de ses « l », ses « g », de toutes les lettres qui dépassaient en haut et en bas, elle était « dorsale droite, lombaire gauche ». Cette femme me parlait de ses tentatives de se faire redresser, demeurées vaines depuis vingt ans. « À vous croire, on est responsable de ses déformations, on se les fait. En parlant de nos possibilités d'autoguérison, vous laissez croire que nos maladies et nos déformations sont des autopunitions. Je ne supporte pas de croire que c'est moi qui me suis fait ma scoliose. Je souffre assez comme ça, sans avoir à me sentir coupable d'avoir poussé tordue exprès. Votre livre ne m'a pas aidée. Il m'a accablée. J'ai décidé de me mettre dans les mains d'un grand chirurgien qui, lui, saurait défaire ce que la Nature m'a fait et qu'on n'en parle plus. P.-S. Je suppose que vous diriez aussi que ma mère est responsable de son cancer et qu'elle devait en avoir mauvaise conscience. »

Il y a chez cette femme une confusion courante entre responsabilité et culpabilité. Je crois que nous sommes responsables effectivement de notre déséquilibre mécanique ; nous nous le sommes fait (qui d'autre l'aurait pu ?). La reconnaissance de cette responsabilité ne doit pas cependant mener vers la culpabilité mais vers la déculpabilisation… à condition de retrouver l'autre cause, c'est-à-dire le déséquilibre psychique qui a précédé ou qui a accompagné la cause mécanique du mal. Je m'explique.

Je suis persuadée que les maladies et les déformations (sauf celles qui sont congénitales, et elles sont assez rares) n'ont rien d'arbitraire. Elles ne vous sont pas attribuées par la Nature. Elles ne vous tombent pas dessus par hasard, par malchance. Elles ne vous tombent pas dessus du tout : elles ne sont fabriquées, créées depuis l'intérieur du corps, par personne d'autre que vous-même. Elles sont le fait d'un blocage d'énergie, de la stagnation et des compensations de cette stagnation qui s'ensuivent. Je sais bien qu'il y a des microbes, des bacilles reconnus comme étant la cause des maladies, mais ils ne s'installent pas n'importe où, chez n'importe qui. Il faut un terrain propice et c'est le déséquilibre énergétique qui fait qu'un terrain est propice, attaquable.

Reconnaître qu'on a pu se déformer, c'est reconnaître aussi qu'on a le pouvoir – avec l'aide d'une technique adéquate et si on s'aime suffisamment – de se guérir. En admettant notre pouvoir de gérer notre corps, nous pouvons commencer à chercher *l'autre* cause, à mettre en place les autres pièces du puzzle : notre mère, notre père, certains événements « traumatisants », certains besoins émotionnels inassouvis, qui sont à l'origine du déséquilibre psychique qui a accompagné notre déséquilibre physique. En nous voyant autrement que comme des victimes malchanceuses, nous avons la possibilité de découvrir qu'avant de pouvoir nous reconnaître comme responsables (quand nous étions nouveau-né, bébé, très jeune enfant) il nous est arrivé des choses bouleversantes, inénarrables justement parce qu'elles avaient lieu avant que nous ayons la parole. (Ne sommes-nous pas d'ailleurs davantage hantés par les « fautes » de nos parents – envers nous ou envers d'autres – que par nos propres actes ?) Ces bouleversements oubliés, refoulés, ont été vécus aussi par notre corps ; ils étaient présents au moment de notre détraquage mécanique qui est une expression concrète de notre désarroi indicible. En nous déformant, nous donnons une forme visible à notre malaise. En présentant des symptômes concrets et soignables, nous ne nous punissons pas : nous lançons l'appel au secours pour lequel nous n'avons pas de mots. Nous nous déformons pour montrer à autrui et à nous-même que nous souffrons. Nous nous déformons pour nous défendre, pour nous protéger. On ne peut être coupable de légitime défense.

Si nous arrivons à connaître assez bien les causes simultanées, psycho-somato-socio-écolo et j'en passe, de notre souffrance et si nous nous aimons assez bien (je reviens toujours à cette condition), alors nous cherchons réparation. Mais pour une personne qui reconnaît sa part de responsabilité, chercher réparation n'est pas la réclamer auprès de la famille, la société, etc. ; c'est chercher à se réparer elle-même. Seuls l'affrontement avec soi et la reconnaissance de sa responsabilité envers la personne qu'on est ici et maintenant peuvent donner accès à la guérison. Mais même après tout ce trajet, difficile à admettre et si difficile à faire, il n'y a aucune garantie que ce soit gagné pour de bon. Il y a en nous un conflit perpétuel, quotidien, entre la force de vie et la force de mort… et de cela, il n'est pas possible de guérir.

Je ne voudrais pas que ces pages soient lues comme l'élaboration d'une théorie à laquelle j'adhère. Je n'adhère à aucune, je ne sais pas parler abstraitement. Je parle ici du vrai, du vécu, de ce que j'ai appris des souffrances et des triomphes de mes patients, notamment d'un homme cancéreux à qui on avait donné quelques mois à vivre… il y a trois ans. « C'est à partir du moment où je me suis dit que je me suis fait mon cancer que j'ai pu mobiliser toutes mes forces pour tenter de me le défaire », dit-il. Il mobilise aussi la force des autres. Après une séance d'où il est parti, allègre, je me suis trouvée subitement épuisée, traversée d'étranges douleurs, convaincue qu'il était arrivé à se débarrasser de sa maladie en me la passant. Délire du thérapeute ? Il y avait certainement de cela, mais cet homme a une force que ne peut avoir aucune personne résignée à son malheur ou qui se conçoit comme une victime qui « subit » son destin.

« J'ai subi une totale… » « Je voudrais vous raconter tout ce que j'ai subi depuis des années… » Il y a eu tant de lettres où « subir » était le mot clef. Et combien de personnes, sans utiliser ce mot, ne me demandaient pas autre chose que de subir mes soins ?

Comme l'autonomie vécue comme un absolu, la soumission peut être un danger mortel.

La description d'une quinzaine de préalables qui clôt *Le corps a ses raisons* a suscité un courrier volumineux. Ces mouvements, très simples et précis, sont destinés en premier lieu à aider le lecteur à prendre conscience de ce qu'il ne peut pas faire, de ce que ses raideurs l'empêchent de faire. J'ai longtemps hésité à les inclure par peur qu'on ne les prenne pour des recettes de bien-être, des exercices à réussir à tout prix. J'ai consenti à les rédiger finalement pour donner aux lecteurs la possibilité d'agir seuls. Mais parmi les personnes qui m'ont écrit, peu ont reconnu cette possibilité.

Pour une correspondante qui disait « J'ai commencé à pratiquer les préalables comme un enfant qui joue, c'est-à-dire avec gravité », il y eut des centaines de personnes qui se disaient incapables de les faire seules, sans être regardées, corrigées, qui ne voulaient même pas les essayer autrement que sous ma supervision. « J'ai besoin que vous me disiez si je les fais comme il faut. » Comme si leur corps ne pouvait le leur dire, comme si leur relation avec leur corps n'était pas assez intime pour qu'ils s'adressent directement à lui, comme si leur corps n'était pas leur « maison », mais un voisin de palier qu'ils croisent depuis des années sans lui parler parce qu'ils n'ont jamais été officiellement présentés.

D'autres, trouvant que les mots ne suffisaient pas, me demandaient de leur livrer les chiffres. « Combien de fois faut-il faire chaque préalable ? » « Combien de temps doit-on leur consacrer chaque jour ? » « Faut-il les faire chaque jour ou est-ce qu'une fois par semaine suffit ? » « Quelle heure de la journée est la plus propice pour tirer un maximum de bien de ces exercices ? » Ces questions m'ont beaucoup découragée, mais je suppose qu'il est très difficile et risqué de commencer à défaire la structure étroite d'une vie réglementée dans tous ses détails et de se mettre à « l'heure de la sensation vraie ».

Pour certaines personnes, ces mouvements préventifs, destinés surtout aux bien-portants, avaient un pouvoir extraordinaire. Une femme, qui se plaignait de violents maux de tête contre lesquels aucun traitement n'avait été efficace, a écrit : « Dès la première fois que j'ai fait les préalables, les troubles ont cessé. » Ces troubles venaient-ils d'un blocage des vertèbres cervicales et s'était-elle réellement « auto-guérie », ou cette réussite spectaculaire était-elle due à la magie des mots ? Le facteur décisif était-il la présence imaginaire d'un personnage auquel elle s'était attachée, personnage qui semblait attentif à sa demande, ému par sa détresse et dont la main chaleureuse – par description de préalable interposée – l'aurait touchée ? Je me pose ces questions parce qu'il y avait tant de lettres pour dire « la seule lecture de votre livre m'a fait du bien » ou « rien qu'en prenant la plume, vous m'avez soigné ». (Il est bien connu que rien que de se savoir inscrit sur la liste d'attente chez un thérapeute atténue parfois des douleurs chroniques.) Et puis il y avait ce dentiste, asthmatique depuis toujours, qui, en lisant le livre, s'est mis enfin à respirer, et cela si pleinement que le lendemain il avait des courbatures intercostales !

La souffrance la plus répandue serait-elle vraiment – comme il est devenu un cliché de le dire – la solitude, l'isolement, le manque de tendresse ? Peut-être que la fonction première de l'imagination est de soulager cette peine, insoutenable sans elle. « Les gens aiment n'importe quoi », me dit un jour une amie cynique. Sans cynisme, je peux en tout cas constater que leur pouvoir d'invention et de « transfert » est à la mesure de leur détresse.

Considérations psychiques à part, je dois avouer ma confusion devant certains résultats insensés obtenus par des personnes souffrant de déformations graves, telle cette femme alitée depuis trois ans avec une arthrose bilatérale des hanches qui s'est arrangée pour rouler une petite balle sous ses pieds en appuyant sur le montant de son lit. Par la suite, elle a pu se mettre debout et, fortement appuyée sur deux cannes, est arrivée jusqu'à moi pour me raconter son aventure. Faut-il déduire que je ne connais pas moi-même la portée de ces mouvements ou que dans certains cas, extrêmement rares certes, une personne peut, à l'aide des préalables, déclencher un processus curatif ? Une chose est certaine : les préalables ne sont pas une fin en soi. L'important est d'intégrer quotidiennement les changements qu'ils peuvent apporter dans la façon de bouger, l'intelligence musculaire, la façon de se percevoir et de percevoir les autres.

Avant d'essayer les préalables, certains m'ont demandé par écrit d'attester que « ça marchera ». Autant ils désiraient que je réponde « oui », autant ils devaient savoir que la réponse logique, réaliste, ne pouvait être que négative. Non, il n'y a aucune garantie que les petits mouvements d'un orteil, d'une épaule puissent sortir quelqu'un d'une profonde et durable dépression, ou réussir là où ont échoué les séjours répétés en clinique psychiatrique, les traitements de chimiothérapie. Par contre, il se pourrait qu'il y eût dans ma lettre-réponse, une lettre qui serait lue comme amicale par le seul fait que j'aie pris le temps de l'écrire, l'étincelle qui fait reprendre le feu de la vie. Cette étincelle, je le sais maintenant, peut être un seul mot. Mais de tous ceux qui composeraient ma lettre, je ne peux savoir lequel aurait cette portée magique.

Je n'ai pas su répondre à d'autres personnes qui m'ont fait des demandes impossibles, dont la femme qui m'a envoyé cette lettre portant la mention « Urgent !!! » : « Les médecins ont dit que mon père souffre d'une maladie incurable et lui ont donné trois mois pour vivre. Quels préalables… ? » Fallait-il redire que même la méthode Mézières qui guérit une multitude de maladies n'est pas une méthode miracle, qu'un préalable, comme son nom l'indique, n'est qu'un premier pas, et que pour son père le temps des premiers pas était révolu ? Fallait-il dire que « l'urgence » consisterait plutôt à faire face à la mort ?

Sur un mode plus léger, de nombreuses personnes ont « mé-lu » la description de mon travail d'anti-gymnastique. « Votre livre m'a passionnée et m'a amenée à pratiquer le Yoga », commence une lettre. Mais le plus inattendu est la fin de cette lettre qui démontre bien la confusion de ma correspondante et mes raisons d'être « anti-Yoga » : « Ayant des problèmes avec mes lombaires, je pense avoir trouvé un professeur compétent, étant atteinte elle-même d'arthrose. »

Au risque de parler brutalement, je voudrais être très claire. Ce que je fais n'a rien à voir avec le Yoga (contrairement à ce que peuvent penser de nombreux professeurs de Yoga qui m'ont écrit pour me dire combien leur travail ressemble au mien). Ce que je fais, les yeux – les miens et ceux de mes élèves – grands ouverts, est fondé sur des réalités anatomiques, sur le respect du corps tel qu'il est construit. Se mettre sur la tête ne respecte pas les vertèbres cervicales. Bloquer sa respiration déforme la cage thoracique. Se mettre en lotus aggrave les problèmes lombaires. Le but du Yoga étant de vous abstraire de votre corps, de le dépasser pour trouver le bonheur et la quiétude, il ne peut être atteint qu'à travers la répression des instincts, le refus de la mémoire musculaire. Ce but, attaché à une très longue tradition orientale, me semble en contradiction complète avec la recherche de l'être entier qui caractérise la vie en Occident. En faisant monter l'énergie vers la tête, le Yoga et d'autres pratiques d'inspiration orientale cherchent à élever le praticien au-dessus des soucis quotidiens, charnels. Mais on ne s'élève pas impunément comme cette anecdote drôle et vraie le démontre.

Un thérapeute corporel de la côte ouest américaine m'a raconté qu'il soignait régulièrement un adepte très avancé de la Méditation transcendantale qui maîtrisait si bien son corps qu'il arrivait à léviter ! Mais s'il savait s'élever, il ne savait pas très bien descendre et c'est son pauvre coccyx endolori qu'il venait faire soigner chez son thérapeute, qui s'occupait, lui, des basses réalités de la vie.

Pour répondre à des centaines de personnes qui m'ont écrit à propos de leur corps douloureux et déformé, j'ai donné les coordonnées des méziéristes dans leur région. À des milliers d'autres correspondants, j'ai dû expliquer que je n'avais pas de disciples auxquels les envoyer pour faire de l'anti-gymnastique en groupe et que l'intensité de mon travail en séance individuelle voulait que je n'accepte qu'un petit nombre de patients. Ces lettres ont suscité une deuxième vague de courrier vitupérant.

« Pour la deuxième et dernière fois, je vous demande *à vous* de me guérir. Votre livre était une promesse que vous le feriez et maintenant vous essayez de vous dérober… »

« Vous n'avez pas le droit d'écrire un livre comme vous l'avez fait. Vous donnez de l'espoir à beaucoup de gens et lorsque l'on reçoit votre réponse, c'est fini… »

« Aussi votre ouvrage est une invitation à vous consulter, mais vous répondez en indiquant les noms de confrères… »

Entrées en relation avec une certaine Thérèse Bertherat fictive qui ne parlait qu'à elles et qui était à leur entière disposition, ces personnes en voulaient à la femme réelle de les avoir délaissées. Inutile de leur expliquer que j'avais écrit un livre pour les aider à se voir et à se guérir autrement (il y a aujourd'hui plus de cinq cents méziéristes et, parmi eux, un certain nombre qui font un excellent travail). Inutile de leur expliquer que j'étais déjà débordée de travail avant d'écrire ce livre et que je tenais toujours autant à protéger l'intégrité de mon travail. Inutile de leur parler de la réalité. Si leurs lettres acerbes, hérissées de dépit amoureux, me blessaient, c'est surtout leur peine qui me touche. Car en répondant j'ai volé un rêve à ceux qui vivent de rêves, qui croient qu'il vaut mieux rêver sa vie que la vivre.

2

Après la parution du *Corps a ses raisons*, j'ai eu un certain nombre de conversations, toujours surprenantes, avec des lecteurs venus me consulter. Certaines personnes découvraient que je n'étais pas celle qu'elles croyaient. Mais la plupart d'entre elles étaient surprises de voir qu'elles n'étaient pas ce qu'elles croyaient et que leur raison d'être là était autre que celle qu'elles avaient exprimée.

Assise sur le banc dans ma salle d'attente, une jeune femme brune trop soignée pour être élégante leva les yeux de son journal, croisa mon regard, puis retourna à sa lecture. J'accompagnai mon dernier patient à la porte, puis repassai par la salle d'attente. La jeune femme était toujours là. Elle regarda sa montre, fit une moue d'impatience, crispa ses mâchoires déjà bien serrées et retourna à sa revue. Je m'approchai d'elle et lui demandai qui elle attendait. Elle me regarda sévèrement et me dit : « J'ai rendez-vous avec Thérèse Bertherat. » Je souris, lui dis que c'était moi. Elle eut une petite grimace d'étonnement et répondit : « Je vous croyais plus diaphane. » Déconcertée, je mis un instant pour me rappeler que la photo sur la couverture du livre était plutôt bleutée. Je l'invitai à venir dans la petite pièce, à côté. Elle se leva lentement, parut hésitante, comme s'il y avait erreur ou comme si elle avait changé d'avis.

Enfin assises face à face, j'attendais qu'elle me parle, mais elle ne dit rien, tout en continuant à me regarder comme si j'étais en effet transparente.

– Parlez, dit-elle. Je vous écoute. » Je lui dis que c'était elle qui avait demandé un rendez-vous et lui demandai ce qu'elle attendait de moi. « Cela dépend entièrement de ce que vous avez le pouvoir de me donner.

– Vous avez lu le livre ? lui dis-je pour dire quelque chose.

– Oui, répondit-elle, plus sévère que jamais.

– On dirait qu'il ne vous a pas plu.

– Si, le livre m'a plu, mais… » Comme si, de l'intérieur de sa bouche, elle donnait un ultime tour de vis à ses mâchoires, elle lança : « Décidément, vous ne me subjuguez pas ! Je préfère le livre.

Elle se précipita vers la porte de sortie, me laissant abasourdie.

Assise à une table du restaurant-bar à côté de mon nouveau lieu de travail, je fumais une cigarette en attendant des amis qui devaient me rejoindre pour dîner. J'avais commandé un Bloody Mary, cocktail de vodka et de jus de tomate que le garçon tardait à m'apporter.

Préoccupée par l'histoire du patient que je venais de voir, je n'ai remarqué qu'en passant un homme squelettique, au regard halluciné, assis en face de moi devant une bouteille d'eau minérale. Quand le garçon arriva avec mon cocktail, l'homme bondit et se précipita vers moi.

– C'est bien vous, n'est-ce pas ?, dit-il la voix tremblante.

– Autant que je sache, répondis-je agacée par ce que je pris pour de la drague nouvelle manière.

– J'ai rendez-vous avec vous demain, mais je ne viendrai pas.

– Tant pis.

– J'avais rendez-vous avec la Thérèse Bertherat qui a écrit le livre. Pas avec vous.

Intéressée enfin, je lui demandai son nom. Il me le dit et je reconnus effectivement le nom d'un de mes correspondants que je devais voir le lendemain. Je ne lui dis rien sur le moment et tendis la main vers mon verre. Mais l'homme le saisit avant moi, le porta à son nez, et le renifla. Il fit une grimace horrible : « Il y a de l'alcool dedans. Et en plus vous fumez. » Il recula ; raide comme un robot, il me lança : « C'est une bien grosse déception, madame », puis tourna les talons (nus dans des sandales en plein hiver) et se précipita vers la porte.

Je crains qu'il y ait beaucoup de gens comme cet homme qui associent mon travail, dont le but est de donner de la souplesse dans le comportement ainsi que dans le corps (l'un découle de l'autre), à l'obligation d'une implacable hygiène de vie. Ils ne peuvent entendre le mot « corporel » sans le faire précéder par le mot « punition » ou « privation » ou « discipline ». Mais un travail sur le corps comme je l'entends, c'est-à-dire un travail qui permet de prendre conscience des répressions et de les lever, ne sert à rien si celui qui le pratique s'en impose de plus coercitives, se refuse la cigarette occasionnelle, le verre, la gourmandise dont il a vraiment envie, au nom d'un ascétisme absolu, d'une éthique supérieure qui gouverne, bien tyranniquement, son corps, sa vie et sa vision du monde.

Ils avaient écrit trois fois, rempli presque toute une bande de mon répondeur automatique de leurs supplications pour obtenir un rendez-vous, plaidé leur cause à ma secrétaire sans jamais dire de quoi il s'agissait.

Je me suis trouvée devant un jeune couple, lui avait peut-être vingt-cinq ans, elle vingt-deux.

– C'est pour elle, dit-il.

– J'ai le bassin de biais, dit-elle, ce n'est pas bien pour l'enfant.

– Vous êtes enceinte ?

Ils rougirent tous les deux.

– Mais non, dit-il, nous sommes fiancés, nous ne nous marierons que dans dix-neuf mois.

– De quel enfant s'agit-il alors ?

– De celui que nous ferons, nous en ferons trois, chacun aura deux ans de moins que le précédent. C'est ce qu'il y a de mieux, dit-il.

– Pour les enfants, ajoute-t-elle.

Ils m'expliquent combien il est urgent de commencer dès maintenant à remettre en place le bassin de la jeune femme. Je leur réponds qu'elle est effectivement trop cambrée mais que la position de son bassin ne me semble pas du tout compromettre une grossesse éventuelle.

« Il faut que mon enfant naisse dans les meilleures conditions, même si je dois me faire opérer pour avoir le bassin en place !

Je lui dis qu'une opération ne me semble pas du tout nécessaire.

« Je savais bien que vous nous aideriez, me dit-elle.

– Nous avons confiance en vous, ajouta-t-il, nous voulons vous demander d'autres renseignements aussi. » Il sortit un petit calepin de la poche de sa veste. « Nous voulons – un – le nom d'un gynécologue homéopathe qui travaille en collaboration avec un accoucheur qui emploie la méthode Leboyer ; deux – un accoucheur qui emploie la méthode Leboyer ; trois – une nourrice dans le cas où le lait de la mère serait mauvais ou insuffisant.

– C'est tout ?

– Et quatre – l'adresse du meilleur pédiatre homéopathe sur Paris.

La jeune femme reprit la parole :

– Nous ferons des sacrifices, pour notre enfant nous voulons tout ce qui se fait de mieux. Nous voulons qu'il ait tout ce que nous n'avons pas eu.

Je leur ai donné les noms de quelques méziéristes chez qui la jeune femme pouvait faire soigner son dos. Je ne leur ai pas donné les autres adresses qu'ils me demandaient. Je leur ai dit – un – que je ne croyais pas bénéfique d'organiser la prise en charge complète de leur enfant avant sa naissance… ou après ; deux – qu'à mon avis ils se préparaient à faire mauvais usage des bonnes méthodes ; trois – que ce qu'ils pouvaient donner « de mieux » à leur enfant, c'étaient eux-mêmes. Ils sont partis déçus, ne cachant pas leur colère d'avoir été trompés par mon livre, de ne pas être venus frapper à la bonne porte.

Elle arriva avec vingt minutes de retard, m'expliqua qu'elle s'était trompée de bus, puis trompée d'immeuble. Elle était maigre, hagarde, avec de beaux yeux pâles qui ne me regardaient pas. Elle avait un petit tic, tournait la tête de côté comme si elle craignait que quelqu'un ne la suivît.

– J'ai trente-quatre ans, non, trente-cinq. J'ai fait trois fausses couches, non, quatre. Je fais des grossesses à haut risque. Pour l'enfant, je veux dire, enfin pour le fœtus. Je n'arrive pas à les garder. La dernière fois on m'a hospitalisée à partir du deuxième mois. Je suis restée couchée à l'hôpital. Ils m'ont bien surveillée, ce n'était pas de leur faute.

Je la laissais parler. Je crois d'ailleurs qu'elle ne m'aurait pas entendue si je l'avais interrompue. Elle m'expliqua qu'elle avait attendu jusqu'à la « dernière minute » pour se décider à faire des enfants, jusqu'à l'âge de trente ans, et puis elle avait attendu jusqu'à l'après-dernière-minute, trente-deux ans, et depuis elle les concevait et les perdait régulièrement. Des gynécologues avaient avancé quelques petites justifications physiologiques, mais ils ne semblaient pas convaincus et elle non plus.

« Qu'est-ce que vous en pensez, vous ? » Sans attendre une réponse, elle enchaîna : « Pouvez-vous m'aider à le garder, ne serait-ce que pendant sept mois. Après ils peuvent faire une césarienne, ils peuvent le mettre en couveuse. Après, ils se débrouilleront.

Elle regarda derrière elle de nouveau, de toute évidence plus intéressée par le tableau au mur que par ma réponse. De réponse, je n'en avais d'ailleurs pas, mais une question :

– Pourquoi voulez-vous faire un enfant ?

Quand elle se retourna, ses yeux étaient pleins de larmes.

– Je ne veux pas faire un enfant », dit-elle. Sur son visage il y avait cette expression très particulière de soulagement et d'incrédulité qu'ont ceux qui s'entendent dire leur vérité pour la première fois. « Je suis venue pour vous dire et pour me dire que je ne veux pas un enfant et que je n'en aurai pas.

Après son départ, je pensais à d'autres femmes que je connais qui s'étaient donné mille peines pour arriver à accoucher d'enfants qu'elles ne voulaient pas. Leur corps refusait l'enfant, tentait de le rejeter, mais elles n'écoutaient pas leur corps. Elles écoutaient leur médecin comme elles avaient écouté la tradition, le devoir et toutes les mauvaises raisons qu'elles s'étaient données pour se convaincre qu'il faut faire un enfant à tout prix. Il me semble que les nouvelles techniques pour prévenir les fausses couches devraient être réservées aux femmes réellement désireuses de faire des enfants mais ayant des malformations qui les en empêchent. Certains trouveront mon attitude scandaleuse. Je ne peux pas la modifier ; j'ai trop de respect pour le corps des femmes… et des enfants.

C'est une très grande actrice de cinéma et de théâtre. Mais aussi, mais surtout c'est une star. Elle avait pris le dernier rendez-vous de la soirée : une star brille la nuit. Pendant vingt minutes, une demi-heure, je ne sais, je n'ai pas senti passer le temps, elle m'a parlé d'elle. De son angoisse de la cinquantaine approchante, des accidents qui, en tournée, lui avaient fait frôler la mort, de sa dépendance des somnifères, de sa fille qu'elle n'aimait pas et qui ne l'aimait pas, de ses innombrables traitements et opérations pour entretenir et réparer son « instrument » (c'est ainsi qu'elle appelait son corps).

À la fin de son récit, nous étions émues toutes les deux. Pendant un instant, rien ne me semblait plus important que de l'aider, de la sortir de là. Elle me quittait des yeux, cherchait dans son sac un mouchoir et un petit miroir. Enfin j'ai pu la regarder sans être fascinée par son regard ; j'ai pu la voir. J'ai vu un visage qui n'était pas beau et qui ne l'avait jamais été, un corps malingre, sans harmonie. J'ai vu une femme « faite » et pour qui je ne pouvais rien.

Elle s'était faite pour son métier, pour la seule passion de sa vie. Comme elle avait fait sa voix pour qu'elle porte jusqu'au dernier rang des grands théâtres, elle avait fait son buste, outrageusement bombé, pour prendre la lumière, et elle avait fait le port de sa tête pour se profiler avantageusement devant la caméra. Elle s'était « produite » pour pouvoir se produire au mieux sur scène, sur l'écran, et avait réussi. Elle était pétrie de douleurs, mais elle les acceptait comme des gages du métier. Au contraire des travailleurs manuels ou de ceux qui font des métiers sédentaires, et qui souffrent de déformations professionnelles qui s'installent par la force des choses à travers les années, elle avait tout fait avant « d'entrer en religion », comme elle disait, pour se plier, se tordre aux exigences de sa profession.

– J'ai l'impression que vous savez faire des merveilles, me dit-elle avec un petit sourire moqueur pour tempérer la flatterie. Je me mettrais bien dans vos mains, mais… (un temps)… je ne voudrais tout de même pas que vous « m'amélioriez » trop.

Je lui ai rendu le sourire, lui ai dit qu'elle viendrait me voir à ses risques et périls, et lui ai donné un rendez-vous pour la semaine suivante. Son intendant m'a téléphoné qu'elle avait dû partir en voyage…

– Je viens vous voir en collègue, me dit-elle.

– Vous êtes kinésithérapeute ?

– Non, médium. » Elle me scruta de derrière ses grosses lunettes aux verres épais. « Vous aussi vous avez le pouvoir de lever les sorts, je le sais.

Puis elle tomba dans un long silence. Moi non plus, je n'avais rien à dire. Cette femme me rappelait une désorceleuse du village de mes grands-parents, une femme prématurément vieillie, dotée d'une force physique qui faisait parler d'elle, même ceux qui ne connaissaient pas sa vocation.

« J'ai de très bons yeux, reprit mon interlocutrice. Je porte ces lunettes pour me protéger, pour me garder dedans. Et vous, qu'est-ce que vous faites pour vous garder dedans ?

Soudain je me sentis en danger, terriblement vulnérable, non pas devant cette femme mais devant tous mes patients, tous mes élèves, tous ceux qui étaient venus me voir ou qui m'avaient écrit.

– Rien, dis-je, à peine audible, je ne fais rien.

– Ils vous boufferont, murmura-t-elle.

Elle m'expliqua qu'elle avait été un bébé heureux, riant, mais que dans sa deuxième année elle avait eu très peur.

– De quoi ?

Elle continua sans donner signe qu'elle m'avait entendue. À partir de cette peur, elle savait qu'il allait lui falloir devenir à jamais vigilante, à tout instant alerte, guettant le danger qui pouvait resurgir.

– C'est comme ça que m'est venu mon pouvoir. Il ne faut pas croire qu'on est né avec. C'est venu parce que nous », elle leva les yeux pour m'y inclure, « nous étions dans l'obligation d'ouvrir trop grands les yeux, les oreilles, les pores. Et voilà que maintenant on a le don et c'est les autres qui en profitent.

Je lui dis que moi je n'avais pas de don, que j'avais la maîtrise d'une excellente technique et que j'apportais à mon travail tout ce que j'étais…

« Vous savez, avec moi vous n'avez pas besoin de faire semblant », dit-elle, et sans attendre de nouvelles protestations de ma part, elle m'expliqua qu'elle était épuisée, qu'elle avait peur pour sa santé, qu'à force de lever les sorts et de faire parler les morts des autres il ne lui restait pas assez d'énergie pour vivre sa vie à elle. « Mon mari et mes enfants, ils en ont assez de me voir traîner toute la journée.

Je lui ai donné les noms de deux ou trois méziéristes dans sa région. Elle me remercia et avant de partir me dit :

« Quand vous les achèterez vos lunettes, prenez-les bien grandes et épaisses comme les miennes.

– J'ai beaucoup aimé votre livre sur l'anti-guérison. » Il leva brusquement la tête comme pour attraper ses mots encore suspendus dans l'air. « C'est comment encore le sous-titre de votre livre ?

– Auto-guérison et anti-gymnastique.

– C'est ça, j'ai beaucoup aimé votre livre sur l'auto-guérison et je voudrais commencer un traitement avec vous.

Cet homme de soixante ans, avocat, père de famille, ancien résistant, me parlait de sa vie et, enfin, de la blessure de guerre qui lui avait laissé un genou raide et une jambe traînante.

« On m'a toujours dit qu'avec un peu de rééducation… Mais je n'ai jamais pu prendre le temps. Maintenant, j'ai décidé… » Il se coupa lui-même la parole et, avec cette expression que je commençais à bien connaître, il se surprit à dire : « Et puis non, ma blessure, j'y tiens. Vous comprenez, c'est comme un trophée, un souvenir…

– Vous êtes donc venu me dire que vous ne voulez pas changer.

Il fit un petit bruit, mi-rire, mi-soupir, et se remit à me parler du livre.

– En fait, ce qui m'intéresse le plus, ce ne sont pas les histoires de personnes qui s'étaient guéries, mais celle de la dame – elle avait une grave scoliose, je crois – qui a arrêté ses séances chez vous au moment même où sa guérison était en vue.

Ce n'était pas la première fois que j'entendais ces mots et ce ne serait pas la dernière. Beaucoup de lecteurs et de patients ont été fascinés par cet exemple très net d'un refus de guérison. Moi aussi, je suis passionnée par les mécanismes flagrants ou subtils dont se servent les gens pour rester comme ils sont tout en croyant qu'ils veulent changer. C'est une des raisons pour lesquelles j'écris ce deuxième livre.

3

Certains mettent en place les premières pierres des remparts de la résistance avant même de commencer un traitement. D'autres attendent la première séance.

Des lecteurs que j'ai pu accepter de soigner sont venus me montrer leurs cicatrices, leurs déformations répertoriées par le savoir médical, leur malaise, leur mécontentement. Ils croyaient énoncer le pire et attendaient de moi solutions et consolations. Mais dès la première séance, ils ont découvert que le mal n'était pas où ils le croyaient. Ils ont découvert des blocages et des raideurs qu'ils ne soupçonnaient pas, dont ils souffraient sans en être conscients, sans pouvoir en parler. Ils ont découvert qu'ils ne pouvaient dire que ce qui était superficiel, peu de chose en comparaison des douleurs profondes occultées dans leurs muscles, leurs tissus, leur peau, peu de chose en comparaison des plaies entrouvertes qui suintaient dans leur inconscient et contaminaient chaque nouvelle expérience. Ils ont découvert l'impossibilité, sur le moment, de dominer leurs douleurs ou de les nier. Ils ont découvert un travail plus difficile, infiniment plus risqué qu'ils ne l'avaient imaginé en lisant un livre qui leur avait plu et dans lequel ils s'étaient mirés. Ces découvertes les ont tous inquiétés. Certains ont été pris de panique.

Chacun des nouveaux venus s'était cru désireux d'abandonner le déséquilibre qui fait grincer les dents, se figer le regard, la nuque, le bassin, qui coupe la respiration, le déséquilibre qui prive d'alternatives d'action, qui rend victime des automatismes. Mais ce déséquilibre lui était connu, c'était *son* déséquilibre, rassurant bien que pénible à maintenir. Chacun s'était donné du mal, littéralement, pour l'établir, un mal « fou », on peut dire, car le but de son organisation personnelle et précaire était d'empêcher qu'un mal trop grave, inadmissible – physique ou psychique – arrive jusqu'à sa conscience. Avant même de posséder la parole, il s'était mis à créer son déséquilibre et, avec le temps, il l'avait fixé dans son corps et maintenant il confondait ce déséquilibre, vieux comme lui, avec sa vraie nature profonde.

Mais une fois en petite tenue, étendue par terre dans une pièce qu'elle ne connaissait pas, chaque personne a dû se sentir terriblement vulnérable ; sa création de toute une vie était en danger. Si jamais elle s'effondrait, l'être qu'elle avait été disparaîtrait avec elle. Cet être familier ne serait plus : il serait mort. Telle était la crainte si souvent vécue pendant ces premières séances.

Et dans une certaine mesure elle était justifiée. Car en lisant un livre, chacun avait rêvé d'être initié à une autre façon d'être. Mais dès le premier rite initiatique, il n'a que trop bien senti, comme l'exprime Mircea Eliade, que « tout passage d'un mode d'être à un autre implique nécessairement l'acte symbolique de mourir. Il faut mourir à sa condition antérieure pour renaître dans un état nouveau... [1] ». Il n'est pas étonnant que

1. Mircea Eliade, *Occultisme, sorcellerie et modes culturelles*, Paris, Gallimard, 1978, p. 53-54.

quelques-uns se soient butés devant ce passage. Certains l'ont carrément refusé, avec ces mots : « Non, je ne veux pas changer ! » D'autres m'ont transmis ce même message à travers leur corps qui se raidissait, qui tremblait, qui se glaçait, qui s'évanouissait sous mes mains. D'autres encore ont trouvé des moyens plus ambigus, plus rusés, pour réussir.

Parfois, dans le courant d'une séance, je demande à mon patient ce qu'il éprouve. Il y a des gens qui s'efforcent de décrire leurs sensations physiques avec précision, ou profitent de l'occasion pour se plaindre de la douleur « insupportable » que je leur inflige (douleur pourtant supportable jusqu'à ce que je les invite à m'en parler). D'autres décrivent des images ou se laissent aller à une libre association d'idées. Et d'autres encore n'ont pas de mots pour répondre à une telle question ; ils ne peuvent dire, pas sur le moment, peut-être jamais, et je n'insiste pas.

Vincent, dès sa première séance, répond, mais avec une autre question. « Qu'est-ce que je dois éprouver ? Quel est l'effet exact recherché dans cette posture ? », me demande-t-il. Tour à tour sa voix se fait suppliante, cajolante, menaçante. Je sais bien qu'il veut que je lui souffle la réponse que j'attends de lui, qu'il me demande quelle réaction me ferait le plus plaisir ou laquelle me ferait de la peine. Je garde donc le silence. Couché sur le dos par terre, tandis que derrière lui je travaille sa nuque, il me regarde à l'envers avec obstination, guettant je ne sais quelle expression sur mon visage qui lui révélerait « ma demande ».

Il ne doit y voir que de la concentration, peut-être une petite grimace d'effort. Son visage à lui exprime de la frustration, une colère naissante. Quant à son corps, nié, oublié, il n'est pour ainsi dire plus couché par terre, mais suspendu sur les points d'appui de ses talons, ses fesses, ses omoplates.

– Dites-moi ce que vous attendez de moi !

– Pour que vous vous empressiez de me l'offrir ?

Silence.

« Pour que vous vous empressiez de m'en priver, alors ?

Re-silence.

Quand j'entends sa voix de nouveau, c'est celle d'un petit garçon repentant.

« Je voudrais vous faire plaisir. Je voudrais que vous ayez de la satisfaction à travailler avec moi.

Je lui dis que je le crois bien, que c'est gentil de sa part.

« C'est tout ce que vous me dites ?

– Voulez-vous que je vous dise autre chose ?

– Oui.

Je ne dis rien. Après un instant, Vincent reprend :

« Je voudrais que vous me disiez que je me soucie de vos sentiments et de vos satisfactions pour ne pas avoir à me soucier des miens. Je voudrais que vous me disiez que je veux livrer ce qui est attendu de moi pour ne pas être livré à moi-même. Pourquoi ne me le dites-vous pas ?

– Parce que vous pouvez très bien vous le dire vous-même.

Durant les séances suivantes, Vincent me dit qu'il est en analyse depuis douze ans et qu'il en est à son troisième psychanalyste.

– Mais ils ne trouvent pas. Aucun. Je pensais que peut-être vous me le trouveriez.

– Quoi donc ?

– Le traumatisme initial, voyons ! Il doit être inscrit dans mon corps quelque part. » Il se met à se gratter le bras comme s'il était là, son traumatisme. Puis : « Vous y croyez, vous, au traumatisme initial ?

– Et vous ?

– Il vaut mieux.

Pas plus que ses psychanalystes, je ne l'ai trouvé, bien sûr. Vincent s'était engagé à vie dans la recherche d'un événement unique, un seul moment décisif, « comme dans un mauvais roman psychologique », disait-il. Il prétendait en attendre une « illumination », mais, en fait, tout son effort avait pour but d'obscurcir et de dévaloriser toute découverte autre que celle-ci. Douze ans d'analyse, et maintenant ce travail sur le corps, non pas pour trouver ce qui lui échappe, mais pour échapper à ce qu'il avait dû trouver et ne pouvait admettre, non pas pour suivre le fil conducteur, mais pour mieux s'y entortiller.

Se couchant précautionneusement par terre, elle me fait un sourire charmant et me dit :

– J'ai mal au dos.

– Cela vous fait sourire ?

Elle ne paraît même pas confuse, hausse tant bien que mal les épaules et répond :

– Quand j'ai mal au dos, je ne suis pas angoissée.

La séance se déroule bien. Elle cherche à suivre, à comprendre comment son corps s'est organisé. Quand je lui demande de s'asseoir, elle le fait sans effort. L'œil sombre, la bouche pincée, elle me dit :

« Je n'ai plus mal au dos.

– Cela vous déplaît ?

– Quand je n'ai pas mal au dos, je suis angoissée.

– Comment faire ?

Elle semblait y avoir déjà pensé.

– Peut-être on peut arriver à un compromis. Si vous, vous pouvez m'arranger *un peu* le dos…

– Et si votre psychothérapeute pouvait vous arranger *un peu* votre angoisse…

– Voilà, dit-elle, soulagée de voir que j'ai si bien compris.

Je lui dis qu'il n'en est rien. Elle ne se décourage pas.

« Si j'ai bien compris, vous ne pouvez aboutir à rien sans ma coopération.

– Bien sûr que non.

– Alors je continuerai à venir et à coopérer juste assez pour aller un peu mieux.

Je reste muette.

« Vous ne me guérirez pas, hein ?

– Derrière votre dos ? De toute façon, je suis sûre que vous saurez vous défendre.

– Même si vous essayez, vous ne m'aurez pas, dit la petite fille en elle.

Elle vient depuis des mois, doser douleur physique contre douleur psychique. Je ne sais si au fond elle se considère gagnante ou perdante, mais une chose est certaine : c'est elle qui mène le jeu.

Beaucoup ont bien voulu attendre longtemps, parfois jusqu'à deux ans, avant que je ne les reçoive. Ils m'ont « relancée » par écrit, ils se sont donné du mal pour trouver mon adresse professionnelle et se sont présentés sur place pour appuyer leur demande. Une fois arrivés au rendez-vous avec moi tant attendu, ils se sont trouvés face à face avec eux-mêmes. Ils ont préféré ne pas se reconnaître et se sont enfuis.

Le rendez-vous « manqué » le plus spectaculaire fut celui de Miranda. Arrivant très tôt, je trouve assise sur le paillasson une petite créature tout en angles ; son visage, caché derrière de longs cheveux noirs, est perché sur ses genoux pliés. Elle met un moment pour se déplier et me tendre une main sèche et osseuse aux ongles longs comme les griffes d'un oiseau de proie.

– Miranda Dicastro, du Brésil », dit-elle avec un fort accent. À côté d'elle une valise en carton bouilli. « Je suis arrivée ce matin.

– Du Brésil ?

– Oui, je suis venue expressément pour vous voir. Je suis arrivée à quatre heures du matin et je vous attends depuis.

Elle m'explique qu'elle ne m'a pas écrit par peur que je refuse sa demande et qu'elle a eu grand-peine à trouver mon adresse.

« Je suis psychologue », et aussitôt, comme pour s'excuser, « je fais passer des tests, et je fais aussi de la recherche à l'université. Je peux rester à Paris pendant deux mois pour travailler avec vous. » Puis : « J'ai fait une psychanalyse. Elle a duré six ans.

Nous rentrons et je lui propose de venir à mon groupe tous les lundis. Elle accepte et me demande aussi une séance individuelle. Je ne peux lui donner rendez-vous avant le mois suivant et m'en excuse. Elle me dit que c'est très bien ainsi, insiste pour me donner les coordonnées de l'amie chez qui elle loge.

« Si jamais vous avez un moment, j'aime beaucoup parler au téléphone.

Au groupe du lundi, elle arrive dans un collant noir avec pieds, un justaucorps noir aux manches longues et à col roulé. Je lui dis qu'il est important pour moi de voir ses pieds et pour elle de pouvoir les bouger librement, et je lui demande si elle veut bien couper son collant au niveau des chevilles. Elle refuse vigoureusement. Je propose de lui prêter un autre pantalon. Elle refuse plus vigoureusement encore. Elle refuse aussi de se coucher par terre et de faire aucun des mouvements. Dans un coin de la pièce, près de la porte, elle reste pliée comme elle l'avait été sur le paillasson. Elle est la première à partir. Elle ne revint pas le lundi suivant.

Inquiète, j'appelle au numéro qu'elle avait laissé. Miranda s'excuse, me dit qu'elle ne peut venir au groupe, mais tient toujours à sa séance individuelle. Quand elle arrive, elle me dit qu'elle ne vient pas au groupe faute d'argent. Je lui rappelle qu'elle avait dit qu'elle était venue du Brésil pour me voir. Elle me dit que c'est absolument vrai, qu'elle n'avait aucune autre raison d'être à Paris qu'elle n'aimait pas, que d'ailleurs elle ne quittait jamais l'appartement de son amie. « Mais vous comprenez, je n'ai pas d'argent. » Je lui dis que le voyage était cher mais que les groupes ne l'étaient pas. Peut-être aussi n'a-t-elle pas assez d'argent pour manger… « Ça ne fait rien. Manger me dégoûte. » Je n'insiste pas, lui propose une séance gratuite et lui demande de se déshabiller.

Elle pousse un soupir qui secoue son corps entier, enlève très lentement son manteau, ses bottes, une longue jupe noire et se retourne vers moi habillée de son collant noir avec pieds, de son justaucorps aux manches longues et à col roulé. Je lui dis que je ne pouvais pas la soigner ainsi. Elle me dit, comme si cela allait de soi, qu'elle ne peut me montrer sa peau.

« Vous connaissez ces oiseaux dans les champs qui mangent de la pourriture ?

– Les corbeaux ?

– C'est ça.

Je lui demande pourquoi elle a fait un tel voyage si elle ne peut me montrer son corps.

« Mais je vous le montre, me dit le corbeau noir, vous ne demanderiez pas à un oiseau d'ôter ses plumes.

Tout en affirmant l'évident, elle a l'air perplexe. Devant son silence, je lui dis :

– Et votre psychanalyste, que pense-t-il du corbeau ?

– Il doit penser que le corbeau s'est envolé pour toujours. Moi aussi, je pensais que c'en était fini de cette histoire de corbeau.

– Mais… ?

– Mais chez le psychanalyste on ne se déshabille pas.

« Je suis écrivaine », m'annonce-t-elle. Féministe avant la lettre, auteur (trice ?) d'un livre sur les employées de maison depuis l'Antiquité, qui fait autorité, c'est une femme hardie, généreuse, politiquement engagée. Son corps est grand, anguleux, de nombreux bleus témoignent de sa maladresse. « Je me cogne beaucoup mais, vous pouvez me croire, j'aime mon corps. Mon corps c'est ma meilleure copine. »

La copine je la trouve raide et coriace, mais je ne dis rien, j'attends que l'écrivaine en fasse la découverte elle-même. La séance se passe plutôt bien, avec peut-être un surplus de grognements et de bruits gutturaux pour me convaincre d'une participation active. À la fin, le visage de l'écrivaine se plisse de concentration. « Je me demandais si le bien-être que je ressens en ce moment vaut la douleur que j'ai éprouvée pendant la séance. » Je la laisse à ses calculs et suggère un autre rendez-vous. Mais elle ne peut en accepter un avant un mois car elle part en voyage faire des recherches en vue d'un nouveau livre.

Un mois passe, le jour du rendez-vous arrive, mais c'est une fille de quatorze ans que je trouve dans la salle d'attente.

– Maman m'a passé son rendez-vous. Elle ne peut pas venir. Elle « écrit », dit-elle en roulant les yeux.

J'explique à la jeune fille que je ne soigne pas les personnes avec qui je n'ai pas eu préalablement un entretien et que de toute façon je n'accepte pas les adolescents, en tout cas, pas ceux envoyés en gage ou en offrande par leurs parents. La jeune fille semble trouver mes propos tout à fait compréhensibles. Elle me demande de ne pas en vouloir à sa mère.

« Maman ne veut pas que vous lui fassiez du bien. Pas maintenant, pas pendant qu'elle fait son nouveau livre. Elle dit qu'il faut qu'elle souffre en écrivant. » Elle roule de nouveau les yeux et me jette un regard complice. « Vous savez comment elle écrit ?

– Plutôt bien, répondis-je pour me montrer aimable.

– Je veux dire physiquement », dit la jeune fille. « Elle écrit au lit avec la machine à écrire posée sur ses genoux. Quand elle se lève, elle est toute courbaturée, mais elle est contente. Elle a dit qu'elle reviendrait vous voir quand le livre sera terminé et qu'elle, elle sera toute cassée. Vous aurez du pain sur la planche, a-t-elle dit.

– Et vous, qu'est-ce que vous en dites de tout cela ?

– Moi, je dis que ma mère ne se connaît pas aussi bien qu'elle le croit.

Moi, je dirais qu'elle méprise le corps qu'elle dit aimer. Ce mépris se reflète dans le mépris qu'elle manifeste pour le thérapeute du corps en envoyant une remplaçante à sa séance. On l'imaginerait mal envoyant quelqu'un d'autre à sa place pour une séance chez son psychanalyste.

Décidément, chez ceux dont l'orgueil est de faire un travail de tête, le corps est souvent laissé pour compte… même quand ce travail consiste aussi à militer pour la libération du corps. Quelles que soient leurs déclarations d'amour, de copinage, leur corps est considéré comme le servant soumis de la tête, comme l'employé exploité. On dirait qu'ils considèrent leur tête « mieux née » que leur corps, ayant droit à quelques privilèges de classe. Ironiquement, cette inégalité « politique » à l'intérieur d'eux-mêmes les maintient dans un déséquilibre subtil, méconnu et qui leur est certainement nécessaire.

Odile est une jeune femme hautaine, on la traiterait facilement de snob. Elle est du genre hippie revu et corrigé par un styliste, un coiffeur et un bottier sophistiqués mais qui ne sont pas arrivés à cacher son dos voûté, une « bosse » naissante dont elle ne m'a jamais parlé. Sa raison d'être venue : « Je cherche à clarifier mon rapport avec mon être profond. »

Dans sa famille les hommes sont « dans l'édition », les femmes plutôt « psy » d'une sorte ou d'une autre. Odile est traductrice ; elle me dit qu'elle est parfaitement trilingue.

Après une demi-heure de travail, son visage est blafard, la peau de tout son corps moite. Je lui demande si ça va. Impavide, elle me répond : « Parfaitement. Je me sens en harmonie avec l'univers. »

Je continue. Ce que je fais ne peut que lui être douloureux. Je lui demande de nouveau comment elle se sent : « Vous adressez-vous à mon moi conscient ou à mon moi inconscient ? », répond-elle, le ton aussi glacé que sa peau. J'ai compris : les trois langues d'Odile sont le français, le mystique et le psychanalytique, et le mot « bosse » n'existe dans aucune. Mon travail consisterait donc à l'amener à des réactions contre lesquelles aucune langue apprise ne puisse venir à son secours, à la ramener vers son corps d'enfant qui, lui, n'a pas de mots pour se défendre.

L'enfant. C'est lui que je vois dans chacun de mes patients et que parfois j'arrive à toucher. Je mets la main sur leur corps « d'avant »… d'avant ces premières blessures dont la cicatrice fragile et poreuse agira comme un filtre à travers lequel chaque nouvelle expérience doit passer pour sortir teintée, gauchie, alourdie, infectée de minuscules particules du passé. Je mets la main sur leur corps d'avant et je sens ce qu'ils auraient pu devenir si seulement… Et chaque fois que je mets la main sur « l'ancien enfant » qu'on n'a pas réussi à tuer, sur l'enfant tapi que je sens ou prêt à bondir ou bien recroquevillé, comme mort mais vivant quand même, ma passion pour mon travail se ravive. De nouveau je connais l'enthousiasme que j'ai pu communiquer dans mon premier livre et un élan d'espoir qu'encore une fois je suis tentée de mettre en mots.

Mais je me retiens. Je ne voudrais pas de nouveau inviter mon lecteur à rêver, à se laisser emporter par mon ardeur, à se complaire dans un espoir dont il pourrait faire mauvais usage. La lecture est aisée, mais l'art de s'affronter, l'art de se trouver est indiciblement difficile. (Dans le *Journal* de Paul Claudel : « Étymologie de trouver – *turbare*. Pour trouver il faut commencer par déranger l'ordre, par créer du désordre et de la confusion, par remuer le fond. »)

Parlons plutôt de cette particularité de mon travail qui est de « mettre la main ». J'écoute ceux qui viennent me voir, je leur parle, je regarde leurs ordonnances, leurs radios, leur corps. Mais surtout, je les touche, je fouille dans leurs tissus, dans leurs muscles : situation ambiguë. Je mets la main dessus : expression ambiguë. Je voudrais essayer de démêler ces ambivalences, lourdes de sens et de conséquences pour mes patients et pour moi-même, en racontant certains incidents survenus au début du traitement de trois nouveaux patients.

Émile est un jeune psychiatre vieux style. Il est partisan de l'électrochoc et, à la rigueur, de la lobotomie. Il s'intéresse au « béhaviorisme », c'est-à-dire aux tentatives d'éliminer le comportement indésirable du patient en punissant chaque action négative par des chocs électriques, des odeurs nauséabondes, des ultrasons insupportables et j'en passe.

En se déshabillant il me dit qu'il travaille dans un laboratoire et aussi dans le « foyer » pour garçons de douze à dix-huit ans dont son père – psychiatre lui aussi – avait été le directeur avant de prendre sa retraite. Une fois en slip, Émile se retourne vers moi et dit :

– Heureusement que j'ai le physique de l'emploi. »
Râblé, la jambe courte, il a aggravé ses disgrâces en

travaillant ses muscles qui semblent gonflés à bloc en permanence. « Mais ce n'est rien », dit-il comme si je lui avais fait un compliment. « Si vous aviez vu mon père… il y a vingt ans, j'entends. » Je ne dis rien et Émile se met à me décrire les lumbagos qui lui empoisonnent la vie depuis trois ans. « Je vous réclame main-forte.

Nous nous mettons au travail et presque aussitôt il devient très pâle et se met à transpirer.

« J'ai des sueurs froides, arrive-t-il à dire en claquant des dents.

Je lui demande s'il veut que nous nous arrêtions un instant.

« Non, continuez. Ne faites pas attention à moi.

Je laisse passer cette demande invraisemblable, et nous continuons.

« Je ne suis pas le seul, dit Émile. Ma femme aussi a des lumbagos. Faut bien avoir quelque chose en commun. Vous voulez que je vous parle de ma femme ?

– Si vous le voulez.

– Avec ma femme ça ne va pas. Depuis toujours. Elle ne veut pas de moi. Dans son lit, j'entends.

– Et vous ?

– C'est mon père qui me l'a choisie. « Pour toi il vaut mieux une fille comme ça », m'a-t-il dit.

– Comment comme ça ?

– Froide. Froide comme ma mère.

La froideur du corps d'Émile devient inquiétante. Je lui redemande s'il ne veut pas qu'on s'arrête un instant. Il se fâche.

« Vous êtes fatiguée, vous, ou quoi ? », puis il se tait jusqu'à la fin de la séance, exténuante pour nous deux.

Une fois rhabillé, il s'assied face à moi pour prendre son prochain rendez-vous. Nous cherchons un jour qui nous conviendrait quand, soudain, il cache son visage derrière ses mains et se met à sangloter. J'entends :

« Je le tuerais ! Si vous saviez ce qu'il m'a fait. Je n'avais que douze ans…

Émue, je mets spontanément ma main sur la sienne. Les sanglots s'arrêtent net. Il lève la tête et me regarde avec haine.

« Vous avez mis votre main sur la mienne pour me faire parler ! C'est inadmissible. Ce n'est pas… votre travail.

Je lui dis aussi doucement que possible que j'avais mis ma main par sympathie, sans y penser.

« Vous vous impliquez trop, dit le "psy" en lui.

Je lui rappelle qu'il y a quelques minutes à peine j'avais mis ma main sur tout son corps sans qu'il proteste.

« Ça n'a rien à voir. Vous mélangez tout. » Puis, avec dédain : « Vous ne m'avez même pas fait mal.

Émile ne prit pas un deuxième rendez-vous. J'ai appris par la suite qu'il consultait un psychiatre, un homme d'un certain âge, collègue de son père.

Jusqu'à cet incident, je croyais que comme tout le monde j'avais deux mains. J'ai compris que j'avais, comme tous ceux dont le travail est de toucher le corps des autres, autant de mains qu'il existe de façons de recevoir les mains. (J'avais cru également avoir écrit un seul livre pour apprendre par le courrier que j'étais à l'origine de presque autant de livres qu'il y avait de lecteurs.) Le geste spontané de ma main sur celle d'Émile avait été reçu par lui comme déplacé, hors des limites qu'il reconnaissait comme celles de ma profession. Mais quelle est ma profession ? Kinésithérapeute ? Depuis des années je refuse cette appellation tellement contrôlée qu'elle prive ceux qui la portent de toute possibilité de guérir. Psychothérapeute ? Non. Je me voulais thérapeute tout court : une personne qui soigne. Ainsi j'espérais éviter l'éternelle dualité corps-tête, la spécialisation qui ne correspond à aucune réalité de l'être. Je me voulais un être, justement, une femme qui soigne. Mais ce désir a été frustré par certains patients qui n'admettent pas que je puisse être et être thérapeute. Ils exigent la neutralité et la bienveillance, sans bavure apparente (ou tactile). Ou parfois, comme Émile, la neutralité et la violence. Ainsi il m'arrive, à moi dont le travail consiste à lever les répressions, d'être réprimée à mon tour, de me trouver les mains liées.

Si je refuse la spécialisation et si je suis devenue consciente des multiples possibilités de mes mains, d'autres thérapeutes de ma connaissance croient n'avoir à tendre qu'une seule main. Récemment, j'ai reçu plusieurs sages-femmes venues dans l'espoir d'élargir les possibilités de leur art. L'une d'elles se couchait par terre et, pendant que les autres regardaient, j'ai montré sur elle comment faciliter la respiration de leurs patientes en travaillant les trapèzes. Puis j'ai demandé laquelle d'entre elles voudrait essayer cette technique sur leur consœur allongée. Affolement total. Refus catégorique. Ces femmes, qui avaient l'habitude de plonger leur bras dans le corps des femmes pour guider le passage de l'enfant, ne concevaient pas qu'elles pouvaient mettre leurs mains sur les trapèzes. Elles protestaient que leurs mains ne sauraient pas faire, qu'elles n'avaient pas été formées, programmées pour cela. Je ne suis encore pas revenue de mon étonnement ou de mon découragement. Même maintenant en racontant cette anecdote, elle ne me semble pas vraie. Elle l'est pourtant.

Éliane pose sur moi un regard d'épagneul et tend sa main, pliée au poignet, comme si je lui avais demandé de me donner la patte. Sa petite frange bouclée, les grosses mèches qui tombent le long de ses joues complètent cette première impression canine qui serait assez comique si elle s'arrêtait là. Mais dans le courant de cette première séance, j'ai compris qu'Éliane portait en elle toute la détresse d'un chien perdu à la recherche d'une main de maître.

Elle se déshabille et je lui demande de se coucher par terre à plat dos. Ce qu'elle fait, mais un peu de biais. Je me mets à genoux, prends ses chevilles dans mes mains et tire sur ses jambes pour aligner son corps. Éliane se met à frémir, un petit jappement étranglé s'échappe de sa bouche. Surprise, je lui demande si je lui fais mal. « Mal ? Vous ? Bien sûr que non. » Pendant toute la séance qui durera une heure et demie, chaque fois que je pose la main sur elle, même si c'est pour appuyer sur un point qui ne peut être que douloureux, Éliane émet comme malgré elle ce petit bruit de bonheur, de gratitude plutôt, et frémit comme un chien qui a reçu la caresse qu'il cherchait. Elle émet aussi une odeur corporelle particulièrement forte. Pour dénier sa trop évidente demande d'amour ?

Une fois rhabillée et assise en face de moi, elle me fixe de ses yeux ronds, bruns et un peu larmoyants, et s'excuse.

– J'espérais que cette fois-ci je me maîtriserais mieux.

– Cette fois-ci ?

– Depuis mon enfance, on m'a beaucoup confiée aux mains thérapeutiques.

– Et maintenant que vous êtes grande ?

– J'essaie toutes les nouvelles thérapies corporelles.

– Aucune n'est satisfaisante ?

Elle baisse la tête et la détourne de moi, tout à fait comme un chien qui aurait fait une bêtise :

– Si, toutes.

– Vous suivez plusieurs traitements en même temps ?

Éliane se redresse :

– Oh non, je suis fidèle.

– À une main thérapeutique à la fois ?

– Oui. Je ne change que quand je suis repoussée.

– Par la main ?

– Mais non, la main thérapeutique ne repousse jamais. Elle est toujours accueillante, hospitalière, maternelle, même si elle appartient à un homme. C'est la personne derrière la main dont il faut se méfier. » Éliane recule au fond de son fauteuil comme si, à l'instant même, elle avait pris conscience d'un danger très proche. « Une fois la séance terminée et la personne assise en face de vous, elle finit toujours par dire quelque chose de blessant… de cruel. Toujours.

– C'est à ce moment-là que vous repartez chercher une autre main thérapeutique ?

– Oui.

– Et les mains qui n'appartiennent pas aux thérapeutes ?

Éliane serre les mâchoires, ses lèvres tremblent et se retroussent. Elle dit entre ses dents :

– Les autres mains sont faites pour frapper, pour…

pis encore. Il ne faut pas se soumettre aux autres mains. Il faut les…

Allait-elle dire « mordre » ? Je ne le saurai jamais. Éliane s'est levée et s'est dirigée vers la porte. Je l'ai suivie et, sans y penser, je lui ai tendu ma main. Elle l'a regardée suspendue en l'air et me dit :

« Vous me pardonnerez, j'espère, mais je ne serre jamais la main après une séance. Cette main-là, vous me l'offrez pour rétablir l'ordre entre nous, une sorte d'égalité. Excusez-moi, mais je n'en veux pas.

Si certains ont un besoin démesuré de la main thérapeutique telle qu'Éliane la conçoit, d'autres la craignent. Décontractée et complice tant que nous parlions ensemble, une infirmière-chef venue se faire soigner chez moi est devenue blême dès que j'ai tendu la main vers son corps allongé par terre. Je lui demandai ce qu'elle avait. Elle me répondit : « Peur. » Dire sa peur ne la dissipa pas pour autant. Elle m'expliqua qu'elle avait si souvent vu la main d'un médecin, d'une infirmière, d'un kinésithérapeute faire mal dans un but thérapeutique et que sa propre main, nue ou portant un instrument, avait fait souffrir tant de malades qu'elle ne pouvait que reculer devant une main thérapeutique qui s'approchait d'elle.

Une collègue américaine, praticienne du rolfing, une méthode dont je parlerai dans un autre chapitre, est très sensible à la peur qu'elle peut inspirer dès les premiers instants d'une séance (bien qu'elle ait une présence plutôt joviale et rassurante). Pour pallier le malaise du patient, elle s'en approche les deux mains ouvertes, les paumes visibles. Puis, plutôt que de commencer par « imposer » ses mains sur la tête du patient, sur sa poitrine, sur son pied, elle prend une de ses mains dans les siennes, la tient un instant, puis se met à la masser doucement, tout en lui parlant de la pluie et du beau temps. Ainsi, dit-elle, « j'établis une circulation ». D'énergie ? De confiance ? Elle ne le dit pas, et effectivement je crois que préciser davantage n'apporterait rien. J'approuve cette trouvaille (la simplicité même, mais encore faut-il avoir de la simplicité), mais je crois que si je l'avais essayée avec Émile, il aurait arraché sa main des miennes. Éliane, par contre, l'aurait reçue comme une « prise en main » inespérée qui l'aurait ancrée dans sa dépendance de moi. Avec Léa, cependant, ce geste était tout à fait approprié.

Léa est psychotique : tout le monde le dit. Son père médecin, sa mère psychanalyste, son psychanalyste et parfois Léa elle-même. Ce qui lui est arrivé est épouvantable, elle qui parlait si jeune et si bien, qui était si pleine de promesses : tout le monde le dit, sauf elle. Elle dit : « J'ai un secret que je trouve plus amusant de garder. »

J'ai fait sa connaissance grâce à son frère jumeau qui vient dans mes groupes. Ce frère est potier, à la consternation de ses parents. Je lui ai demandé si parfois Léa aussi maniait la terre. Il m'a répondu que cela ne l'intéressait nullement : « Elle dit que c'est dommage que la terre ne puisse pas la manier, elle ! » Le frère a vingt ans. C'est la seule façon d'être certain que Léa aussi a vingt ans. Elle a l'air d'un bébé géant. La voyant pour la première fois j'ai pensé à ma bouchère qui, frappée d'admiration devant le gros bébé que lui présentait une de ses clientes, a lancé ce qui pour elle est le compliment le plus flatteur : « Que c'est beau ! Ça n'a pas d'os ! »

Mais Léa n'a pas non plus de regard, aucun signe d'émotion ne traverse jamais son visage, aucune couleur n'anime sa peau. Léa est toujours égale à elle-même et, à ses yeux, Léa égale la mort.

– Je suis morte, dit-elle, c'est bien commode. » Puis : « Parfois cependant, je verse des larmes d'indifférence.

– Parce que vous trouvez le monde indifférent à votre sort ?

– Pas du tout. Parce que je suis indifférente au monde. » Elle tourne vers moi son visage lisse, neutre. « Comment s'appelle le traitement que vous voulez me faire ?

– Il n'a pas de nom.

– Alors il n'existe pas. C'est amusant. Je suppose que vous, vous n'avez pas de nom non plus.

– Je m'appelle Thérèse.

– Nom de famille, je veux dire. Lemédecin, par exemple, Lapsychanalyste, Lepèrelamère.

– Non, je n'ai pas de nom de famille.

– C'est amusant, dit Léa.

Comment prendre Léa, comment agir avec elle « qui en a vu d'autres », sinon par intuition, sinon avec naturel ? Je m'approche de son corps étendu à plat dos, tel un gros poisson, ventre en l'air, échoué sur la plage, et prends sa main gauche – raide et glacée – dans mes deux mains. Elle ne bouge pas, mais son regard me semble un peu moins vitreux.

– Vous avez la main glacée, lui dis-je.

– C'est que je suis morte... », mais cette fois on dirait qu'elle a besoin de m'en convaincre.

Après un moment, je commence à dégager mes mains, mais Léa s'accroche à mes doigts. Je reglisse ma main dans la sienne pour qu'elle puisse la tenir sans effort et, de ma main libre, je masse son bras, son épaule.

« Vous faites comme mon frère, dit-elle. C'est comme ça qu'il pétrit la terre pour qu'elle prenne vie. » Elle refait silence pendant un moment, puis ajoute : « Il n'a pas dépassé le stade anal.

– Comment ?

– C'est ma mère qui le dit : Quand Joseph aura dépassé le stade anal, il abandonnera ce métier de potier. » Puis : « Je suppose que vous aussi vous êtes au stade anal.

Je demande si sa mère parle toujours de cette manière.

« Toujours. Elle est très gentille. Elle nous a toujours expliqué tout très gentiment. Elle s'exprime très bien ma mère. Elle nous a bercés avec des mots.

Je pense : Et ses bras ? Et ses mains ? Mais je ne dis rien.

« Votre regard n'est jamais posé au même endroit que vos mains, me dit Léa, fine observatrice du monde extérieur.

Je lui explique que de cette manière j'augmente mon contact avec son corps, je couvre plus de surface.

« Ma mère porte des lunettes teintées. Nuit et jour, jour et nuit.

Je lui demande la couleur des yeux de sa mère.

« Bleue verte grise marron-glacé.

– Ses yeux changent de couleur ?

– Ses yeux ? Mais non, je parlais de ses paupières. Elle a une petite palette exprès.

Je fais avec Léa une séance très courte que je termine comme je le fais souvent : je l'allonge et me mets à genoux derrière elle, je glisse les mains sous ses bras, entoure sa poitrine de mes bras et la fais asseoir, montant sa tête et son dos le long du devant de mon corps. Comme presque tous mes patients, Léa se laisse porter, me donne tout son poids. Je jubile de remarquer que sa peau est un peu rose. Lourde, molle, elle se repose contre moi longtemps. Je sens qu'elle va parler. Mais au lieu de dire comme le font souvent mes patients quand je les tiens ainsi : « Je me sens renaître » ou « Je me sens comme un petit enfant », Léa dit :

« Je me sens comme une poupée », puis elle se raidit et se projette en avant. Je lui demande ce qu'elle a. Elle me dit qu'elle ne voulait pas appuyer contre la petite boîte dans son dos. « Vous savez, celle qui, quand on appuie, appelle "maman". »

Elle se lève, s'habille rapidement, se dirige vers la porte, puis se retourne.

« Vous êtes gentille, vous ne me voulez pas de mal.

Je ne sais pas ce qui m'a pris. Je lui dis que personne ne voulait lui faire du mal exprès, mais qu'on lui a fait du mal quand même, qu'elle l'a su et qu'elle a eu peur. Placide devant mon émoi, elle dit :

« Oui peut-être, oui certainement.

Mais sur son visage aucune expression n'affirme ni ne renie ses mots.

Quand elle est partie, je me sens dans une grande confusion. Est-ce que j'espérais faire ce qu'aucun autre thérapeute n'a réussi : amener Léa vers la vie, la tirer, la pousser, la porter vers la vie avec mes mains ! D'où faudra-t-il qu'elle revienne ? Jusqu'où peut-elle aller ? Est-ce que je risque de lui faire plus de mal que de bien en l'éveillant *un peu* ? Suis-je certaine qu'elle soit pour moi une personne et pas seulement un défi ? Pendant un instant le contact avec mon corps a donné au sien un peu de couleur, un peu de la chaleur qu'on appelle la vie. Cette chaleur, je pourrais peut-être la faire revenir encore une fois, mais ne s'éteindra-t-elle pas aussitôt ? Saurais-je rendre cette chaleur cumulative ? Et les autres, ses parents, son médecin, son psychanalyste, ne risquent-ils pas de défaire avec leurs mots, avec leurs médicaments ce que je pourrais accomplir avec mes mains ? Dois-je travailler en collaboration avec eux, faire équipe en quelque sorte *contre* Léa ?

Après la séance, j'avais rendez-vous avec une amie à qui je fis part de mes questions. Fâchée de me voir si tourmentée et épuisée, elle me dit de laisser tomber. Elle suggère que Léa a construit – à grand-peine – un univers complet, cohérent, étanche et beau à sa manière, et que personne n'a le droit d'insister pour la sortir de là.

– Mais elle est morte ! lui dis-je.

– Peut-être que c'est mieux pour elle, me dit mon amie.

Je refuse ce raisonnement de tout mon corps. Je lui dis que je ne veux pas abandonner Léa.

« Pourquoi ?

– Parce que je l'ai touchée.

– Les doigts du destin l'ont touchée aussi, façon de parler.

Je lui laisse le dernier mot. Maigre victoire, les mots.

Arrivée à la fin de ce chapitre, j'ai l'impression de ne l'avoir pas encore commencé. J'ai raconté Vincent et Miranda, Odile, Émile, Éliane et Léa, j'ai raconté Thérèse et d'autres à qui je n'ai pas donné de nom, mais je n'ai presque rien dit d'eux, de nous. J'ai réduit des personnes infiniment complexes à des personnages qui n'ont qu'une petite valeur anecdotique. Parfois, pour assurer « la chute » d'une histoire, j'ai joué avec le temps, ramassant en une seule séance des conversations qui s'étalaient sur plusieurs séances. Mes patients, je les ai trahis comme je ne peux que me trahir, me réduire chaque fois que j'écris « je ».

Troublée, tentée d'abandonner ce récit que je voulais plus véridique que le premier, je tombe par hasard (disons) sur un passage dans une longue interview de Sartre. Il parle de sa biographie de Flaubert dont il ne pourra faire le quatrième tome car il est maintenant presque aveugle. Il se reproche de ne pas avoir donné à Flaubert « sa pesanteur, sa lourdeur… le poids qu'il pesait sur ses jambes ». « En réalité, dit Sartre, une biographie devrait être écrite à partir d'en bas, des pieds, des jambes qui soutiennent, du sexe [1]… »

Effectivement, il aurait fallu, pour « écrire » Émile ou Éliane ou un autre, parler de leur empreinte sur le sol, de la forme de leurs pieds ; il aurait fallu écrire non pas avec cette main qui tient le stylo mais avec celle qui touche la peau, palpe les muscles, qui met le doigt sur les secrets…

1. J.-P. Sartre, interview dans *Obliques*, n° 18-19, p. 11.

4

Les lecteurs du *Corps a ses raisons* m'en ont appris long sur un personnage fictif nommé Thérèse Bertherat. Avec le succès grandissant du livre, il devint aussi dans une certaine mesure un personnage public : à interpréter, pour les journalistes, à assimiler, pour certains thérapeutes, à récupérer, pour d'autres, et à mépriser, pour certains que j'avais considérés jusqu'alors comme mes collègues.

Pour les journalistes, « public » et « rubrique » constituent une rime particulièrement riche. Un personnage connu du public n'est pas inclus dans leur journal, il est casé… dans une rubrique qu'il est prié de bien remplir mais de ne déborder en aucun cas. Invitée à rédiger une série d'articles pour un mensuel écolo-psycho-corporel, tout allait bien tant que je racontais quelques anecdotes « cliniques » et faisais suivre mon récit de deux ou trois préalables inédits. Mais à partir du moment où j'ai envoyé un article qui ne se terminait pas en préalables, la situation se gâchait. La rédactrice en chef m'a fait savoir que des histoires de personnes vraies pouvaient être racontées par des thérapeutes et des non-thérapeutes à la pelle, mais qu'elle m'avait contactée parce que je suis la spécialiste de l'anti-gymnastique et pouvais en fournir les recettes tant savourées, supposait-elle, par les lecteurs. Pour que son journal fasse recette, j'étais priée d'en faire autant. Avec une certaine amertume, je lui ai dit que sa façon de confondre nouvelle cuisine et nouvelle thérapeutique la mènerait inévitablement à publier les préalables en « fiches du mois ». Cette réflexion n'a produit en elle d'autre réaction qu'une bizarre lueur dans le regard. J'ai précisé qu'elle sous-estimait et les lecteurs et mon travail en voulant nous restreindre ainsi, mais elle ne m'écoutait pas. D'un air inspiré, elle m'a dit : « On pourrait l'appeler *la fiche du moi, m... o...i !* » Navrée, je continuais à rédiger des histoires qui me semblaient exemplaires et qui pouvaient apporter au lecteur bien plus que la description d'un mouvement hors contexte.

Un jour, j'ai été témoin de la détresse d'un enfant affolé par le bruit, l'obscurité, les odeurs et les dimensions cauchemardesques d'un parking souterrain, et qui s'accrochait aux jupes de sa mère, tout aussi affolée que lui, certainement, mais encombrée de paquets ainsi que d'un malaise dont elle ne se rendait pas compte. Elle repoussait violemment l'enfant, aggravant ainsi leur peur commune. J'ai fait un article sur l'impossibilité où sont les parents sans conscience de leur propre corps de comprendre les demandes de leurs enfants et de compatir avec eux. Article refusé. 1. parce que leur magazine n'était pas spécialisé dans les problèmes de l'enfance, 2. parce que je ne suis spécialiste ni de la psychologie enfantine ni de la pédagogie, 3. parce que l'article n'était pas suivi par des « exercices ».

Fallait-il répondre, parler à la rédactrice en chef de l'enfant qu'elle avait été, qui vit toujours en elle et qu'elle n'ose reconnaître sous peine de réviser sa vie privée ainsi que professionnelle ? Fallait-il dire que les problèmes de l'enfance nous concernent tous – que nous soyons ou non parents – dans la mesure où nous ne les avons pas dépassés ? Je ne l'ai pas fait. Émue par une patiente qui vivait son retour d'âge comme le point de non-retour de son bonheur, j'ai rédigé le mois suivant un article sur la ménopause, ajoutant, parce qu'ils étaient appropriés, quelques préalables. Préalables acceptés, article refusé. 1. parce que le magazine n'était pas spécialisé dans les problèmes des femmes, 2. parce que je ne suis ni gynécologue ni psychothérapeute…

Si je parle de ces expériences, ce n'est pas pour exposer mes griefs personnels, mais pour éclairer encore une facette d'un problème qui a de graves répercussions : celui de la spécialisation. Si la spécialisation assure la rentabilité d'une revue, elle contribue à la faillite de ses lecteurs, à la défaillance de leur unicité, de leur intégrité. On ne peut être spécialiste que d'un symptôme. Pour comprendre la cause de ce qui ne va pas chez un être et pour avoir une chance de la guérir, il faut être « généraliste », avoir une vision et des capacités globales, oser dépasser les barrières érigées par ceux qui définissent donc clôturent les professions et aussi savoir ouvrir les multiples portes derrière lesquelles un patient se cache de lui-même. Ce n'est pas en limitant son savoir, son devoir, ou sa vocation – que ce soit celle d'un thérapeute ou d'une revue –, qu'on peut aider ceux qui souffrent, parfois mortellement, des limites, justement, qu'ils ne savent ou n'osent franchir.

Dans un journal[1], spécialisé, lui, dans la politique révolutionnaire, j'ai lu une longue diatribe qui s'en

1. *Quel corps ?*, Paris, n° 7, mars 1977.

prenait au nouvel engouement pour le corps, aux thérapeutes et à moi en particulier. Enragé contre mon image du corps comme maison qu'on habiterait ou pas, le rédacteur maudit le corps-maison autant que la propriété privée. Il réduit le corps à une préoccupation petite-bourgeoise. D'après lui, il faut choisir : le corps ou la Cause. On ne peut s'intéresser à la fois à soi et à son histoire, et aux autres et à l'Histoire. Il évoque l'indécence de s'occuper de sa petite personne quand il y a des gens opprimés, qui meurent de faim…

Un autre journal[1], révolutionnaire aussi à sa manière, dans un numéro spécial : « À poil les militants ! », prétend exposer la très pauvre vie sexuelle et affective des militants pour qui l'engagement politique ne serait qu'une fuite devant leurs problèmes personnels.

Je voudrais parler un peu plus longuement de ce conflit entre la conscience du corps individuel et la conscience politique, un faux problème mais non moins mal vécu par un certain nombre de mes patients, dont un membre fidèle du parti communiste qui vient se faire soigner chez moi « en cachette », puis « rachète » sa séance du vendredi soir en vendant – sous la pluie de préférence – *L'Humanité dimanche*.

Je crois que notre façon de vivre notre corps est le fondement de notre façon de vivre dans le monde. La richesse ou la pauvreté de notre expérience corporelle détermine notre expérience des autres, notre vision politique, notre conception de ce qui est possible, admissible, juste. Ceux qui voudraient refaire le monde – et qui n'en rêve pas ? – ne peuvent le faire qu'à leur propre image. Mais si leur image d'eux-

1. *Sexpol*, n° 3, Paris, avril 1975.

mêmes est fragmentaire, confuse, si leur corps est troué de zones mortes où toute sensation a été réprimée, ils peuvent toujours rêver. Ils ne pourront rien faire de sainement structuré, de vivant, de juste, rien faire qui se tienne debout, rien faire qui ne soit, avant même d'être accompli, saboté.

Celui dont le corps est rigide de répressions, de souffrances niées – qu'il le sache ou non, qu'il y attache ou non de l'importance –, ne pourra jamais agir, s'il arrive momentanément au pouvoir, que d'une manière répressive. Devenu le plus fort, il deviendra automatiquement dominateur car il sera toujours lui-même dominé par un ennemi occulte : ses propres automatismes. Quels que soient les principes du parti politique auquel il appartient, sa révolution, comme, historiquement, toute révolution, finira en répression. Car le corps réprimé n'a que deux choix : faire aux autres ce qu'il se fait à lui-même ou accepter, de ceux qui le gouvernent, une répression continue. Le corps réprimé, arrêté dans son évolution, figé de peur, limité dans ses choix, le corps à la respiration entravée, aux sensations niées, le corps affolé, obéit au mot d'ordre qu'il s'impose depuis longtemps : « Garde tes secrets, ne laisse rien sortir, rien entrer. » Ainsi, comme il refuse de se percevoir de l'intérieur, il se garde de recevoir directement, par le corps, par les sens, par l'intuition, des informations du monde extérieur. C'est au sens propre que le corps réprimé *adhère* à un système de pensée ; il s'y colle obstinément, s'aplatissant jusqu'à ce qu'il ne se distingue plus.

Niant son passé et son présent, ignorant de lui-même, le corps réprimé se projette vers l'avenir, vers un nouveau monde utopique, un monde à commencer à zéro. Mais il n'y a pas de départ à zéro. L'Histoire est là et chaque histoire individuelle aussi, qu'on veuille ou non le reconnaître, et il faut faire avec. Inutile de vouloir voir plus grand. Seules les idées et les illusions sont grandes ; les hommes sont toujours petits, c'est-à-dire à l'échelle humaine.

Faire face à son passé et à son état présent est une terrifiante gageure. Elle n'est pas à entreprendre par ceux qui fuient le monde, par ceux que concerne seulement leur confort. La prise de conscience de soi n'est guère confortable. Reconnaître que l'ordre parental, l'ordre social, l'ordre politique sont inscrits dans son corps, qu'ils ont rigidifié son comportement et sa pensée, réduit son champ d'action, est une expérience qu'il faut un sacré courage pour aborder. Il est évident à tous ceux qui s'y sont aventurés que la connaissance de soi n'est pas une fin en soi. C'est un début, un premier pas à partir duquel tout est à faire, à revoir, à re-sentir. Est-ce trop dire que celui qui sent vivre tout son corps ne peut plus brutaliser un autre corps, lui tirer dessus, ne peut plus tuer avec inconscience ? Est-ce trop supposer qu'on tue à partir de ce qui est mort en soi ? Une fois nos automatismes déréglés, une fois ouverts nos circuits fermés de comportement, n'aurions-nous pas, enfin, des chances de voir ce qui est évident, de mettre notre énergie au service du possible, de trouver pour soi une éthique cohérente et quotidienne ? Une fois que nous aurions affronté nos vieilles peurs, n'aurions-nous pas, enfin, la possibilité de prendre de nouveaux risques ? La conscience de soi est une ouverture vers de nouvelles options, de nouvelles actions spontanées, originales, individuelles, isolées qui, elles, et peut-être elles seules, peuvent être renversantes, c'est-à-dire révolutionnaires.

Ce serait plutôt ceux qui méprisent la recherche de

soi et la réduisent à une préoccupation petite-bourgeoise qui sont condamnés à tourner en rond sur une circonférence pas plus large que celle de leur nombril ; ce serait plutôt eux qui sont programmés, coincés dans l'impasse de leur vieille histoire, réactionnaires.

Les militants qui contestent le bien-fondé des thérapies psychocorporelles ne se réfèrent jamais à leur propre corps mais se servent souvent de la même image : celle de la dactylo courbaturée et au bord de la dépression qui est remise d'aplomb pour qu'elle puisse retourner au travail… et retomber malade. Ainsi ils prouvent qu'ils ne comprennent pas le but véritable de toute thérapie : donner de la souplesse, ouvrir de nouvelles possibilités au patient. But toujours valable à rechercher, même si le choix le plus évident de la dactylo est de devenir chômeuse en attendant de trouver ou de s'inventer un travail qui lui ressemble davantage.

Mais admettre qu'ils puissent avoir un choix inspire à certains une peur panique. Françoise Mézières parle souvent de patients qui, au moment où ils commencent à aller suffisamment mieux pour fonctionner à peu près « comme avant », arrêtent leur traitement pour se précipiter au travail, fiers d'abréger leur congé-maladie, pressés de retrouver leur « situation », de redevenir les esclaves fidèles, quoique souvent haineux, du patron, bien sûr, mais surtout de leurs propres refoulements.

Si dans ces pages j'ai répondu si longuement aux accusations de certains militants politiques, c'est aussi pour une raison assez particulière. C'est que je vois, dans le portrait du militant prêt à affronter tout sauf lui-même, une ressemblance avec certains thérapeutes.

Militants et thérapeutes mènent une vie « pour les autres ». Par la force ou de leur idéologie et de leur organisation ou de leur technique, ils se destinent à faire du bien à ceux qui se laissent guider. Militants et thérapeutes ont souvent le goût du sacrifice, du martyre avec la tendance à l'ascétisme qui l'accompagne. Ils sont des bourreaux de travail, se crèvent à la tâche ; ils n'ont pas d'heure. C'est beau, mais... Mais tout en se croyant choisi par sa vocation, le thérapeute, comme le militant, choisit un métier pour des raisons qu'il méconnaît, refuse de reconnaître. De ceux qui ont obtenu le droit légal de toucher le corps des autres, combien ont préalablement examiné leurs mobiles ? Combien ont abordé le « connais-toi toi-même », avant de se plonger dans les connaissances anatomiques, mécaniques ? Combien se sont demandé s'ils n'ont pas choisi leur travail surtout parce que c'est une manière vivable d'exprimer leur brutalité, leur goût de la puissance, leur désir de manipuler les autres, au sens figuré aussi ?

Il est courant de considérer policiers et criminels comme les deux versants d'une même personnalité. Mais combien de thérapeutes ont pris en considération l'équation soignant/patient ? Combien, malades dans leur enfance ou témoins de la maladie de leurs parents, ont opté pour la thérapie pour se préserver de la maladie, croyant se mettre ainsi du côté gagnant ? Combien sont conscients de la demande qu'ils font auprès de leurs malades : demande d'amour, d'obéissance, de reconnaissance, ou bien, demande de les garder éloignés d'eux-mêmes ? Combien éprouvent de la répugnance ou de la peur pour le corps des autres et sont devenus thérapeutes par défi, pour se forcer à faire ce qui leur est le plus difficile ? Malheureusement, ils ne se sont pas engagés dans un combat singulier, mais dans un combat qui exige la présence d'un patient qui ne sait pas l'usage que fait de lui le thérapeute.

Il serait peut-être moins urgent de poser ces questions si à l'heure actuelle il n'y avait pas une véritable ruée vers les thérapies corporelles (pour la plupart importées des États-Unis au rythme accéléré de la demande), s'il n'y avait pas tant de personnes peu ou pas qualifiées (ce qui revient au même) qui s'improvisent thérapeutes et qui inventent des « méthodes » fondées, bien précairement, sur leurs notions de la danse, du Yoga, de l'expression corporelle. Parce que *Le corps a ses raisons* a donné envie à des milliers de lecteurs de faire un travail corporel, parce que je n'ai pu accueillir qu'un très petit nombre de ceux qui ont demandé à travailler avec moi, et parce que beaucoup d'entre eux cherchent ailleurs, je me sens obligée de décrire mon expérience de certaines méthodes connues et de définir mon travail par rapport à elles.

Une journaliste a trouvé astucieux et rentable de grouper plusieurs techniques sous le titre de « gymnastiques douces », titre fallacieux dans la mesure où il entend inclure l'anti-gymnastique qui n'a rien de doux. Comme peut le constater quiconque l'a pratiquée, l'anti-gymnastique est un travail rude qui peut bouleverser, provoquer des réactions violentes. C'est un travail d'une grande exigence dont le fil conducteur est la découverte de Françoise Mézières. Son but est de faire prendre conscience des contractures musculaires profondes et souvent anciennes, celles qui sont forcément situées à l'arrière du corps, dans cette chaîne continue de muscles qui va de la plante des pieds jusqu'au crâne, celles qui sont la cause de toute déformation corporelle à l'exception des mutilations et des déformations congénitales. (Je me répète, je le sais, mais il vaut mieux le dire trop que pas assez.)

Mon travail de groupe, que j'appelle de l'anti-gymnastique, est fidèle à tous les principes de base de la méthode Mézières qui, elle, ne se pratique qu'en séance individuelle. C'est-à-dire qu'il respecte les axes du corps, refuse les asymétries, tient compte des torsions, des rotations articulaires ainsi que de la respiration et de ses incidences sur la forme et le fonctionnement de l'organisme. Bref, il est fondé sur une connaissance des réalités incontestables de l'anatomie humaine. Les réactions provoquées sont celles des systèmes sympathique et parasympathique qui commandent et protègent la vie organique et nerveuse et, bousculés par de réels changements, tentent de les rejeter avant de les assimiler.

Ceux qui confondent ce travail avec d'autres méthodes qui se pratiquent en groupe préfèrent reconnaître que connaître. Ce sont les mêmes personnes qui, à Venise, s'écrient : « Ça me rappelle tout à fait Amsterdam ! » Remarquant que je fais remuer la langue ou les orteils, ils y retrouvent triomphalement le travail de Moshe Feldenkrais. Remarquant que j'emploie parfois des balles ou des bâtons, ils sont contents de conclure que je fais de l'Eutonie, la méthode de Gerda Alexander. Remarquant que je ne fais pas la démonstration des mouvements devant mes groupes, mais me restreins à la description verbale, ils disent que je fais de la relaxation. Je voudrais commencer par définir ces trois méthodes et dire ce que je considère comme leurs qualités et leurs défauts.

Moshe Feldenkrais est un passionné de neurologie, auteur de nombreux livres sur le judo, les techniques d'autodéfense et le comportement humain. Persuadé que l'être humain, modèle courant, n'utilise qu'une fraction de son potentiel physique et intellectuel, il fait découvrir à ses élèves des sentiers jusqu'alors inconnus entre leur cerveau et les extrémités de leur corps dans le but d'améliorer leur rendement, de leur apprendre à être plus efficaces, mieux armés pour affronter un monde dur, compétitif, menaçant. Réaliste, bien adapté à son époque, Moshe Feldenkrais connaît un énorme succès mondial auprès de tous ceux qui désirent avoir une image positive d'eux-mêmes, réussir dans la vie et en contourner les obstacles.

Contourner les obstacles : c'est justement à partir de cette image que mon travail entre en conflit avec celui de Moshe Feldenkrais. Après la rédaction du *Corps a ses raisons*, j'ai assisté, en compagnie d'une bonne cinquantaine de personnes, à trois ou quatre cours donnés par lui à Paris. De mon expérience, je ne peux tirer qu'une conclusion : l'art de Moshe Feldenkrais consiste à emprunter le plus court chemin vers la réussite du mouvement, chemin trouvé en contournant les obstacles qui sont les raideurs profondes du corps. C'est, effectivement, très efficace. À la fin de la séance, ses élèves éprouvent une sorte de jubilation : ils se sentent plus souples, plus vivants, plus intelligents ; ils savent faire de nombreux mouvements dont, une heure auparavant, ils étaient incapables. Mais…

Mais les élèves de Moshe Feldenkrais réussissent ces mouvements parce qu'il leur a appris à organiser leurs raideurs, et non pas à les dissoudre, à compenser leurs raccourcissements, et non pas à les allonger. Pourquoi en est-il ainsi ? Toujours pour la même raison : un aveuglement devant cette évidence anatomique : ce sont les muscles postérieurs qui sont les

« coupables », ceux qui vous empêchent de vous mouvoir avec souplesse parce qu'ils sont toujours trop forts, trop courts, trop raides.

Comment ses élèves accèdent-ils donc à leurs nouvelles prouesses ? Voici un exemple : le but du mouvement proposé est tout simplement de se pencher en avant et de poser ses mains à plat par terre. Beaucoup de personnes ne peuvent le faire non pas parce qu'ils ont les jambes trop longues, les bras trop courts, le ventre trop gros ou parce que leurs messages cérébraux se brouillent en route, mais simplement parce que leur musculature postérieure, nouée, raccourcie, leur « vole » la longueur nécessaire. Mais pour que l'élève réussisse le mouvement, Moshe Feldenkrais lui fait effectuer une rotation interne de la hanche, du genou et finalement du pied, c'est-à-dire qu'il le dirige dans le mouvement compensatoire que nous faisons tous, sans en être conscients, quand nous voulons, à tout prix, toucher par terre. Voilà donc l'élève, les paumes par terre, ravi de son succès, mais pour le moins inélégant, et n'ayant rien changé à la structure imparfaite de son corps et n'ayant rien compris à la raison de l'imperfection de cette structure. (Ceux qui peuvent faire aisément ce mouvement ont, soit une rotation interne des cuisses ou des bras, soit la nuque creuse (en lordose), soit un hallux valgus exagéré, soit une rotation externe des pieds, soit un recurvatum de la jambe : le genou d'aplomb au-dessus de l'astragale plutôt que du cou-de-pied. Ils n'ont donc pas besoin d'apprendre ces compensations d'un maître : ils les ont trouvées tout seuls.)

La recherche de l'élégance des formes et le respect de la structure normale du corps sont deux critères de mon travail qui ne semblent pas compter beaucoup dans celui de Moshe Feldenkrais, intéressé par une amélioration physiologique, neurologique, mais ne se préoccupant pas de la forme du corps dans son intégrité : de sa structure. Dans son livre *la Conscience du corps*[1], il parle pourtant de structure, mais, spécialiste du cerveau et non de l'anatomie, il s'agit de structures des systèmes rhinique, limbique et supra-limbique, c'est-à-dire des structures cérébrales.

Moshe Feldenkrais et un certain nombre d'autres maîtres des techniques corporelles compensent les lacunes de leurs connaissances anatomiques par la force de leur personnalité, le pouvoir qu'ils exercent sur leurs élèves, volontairement ou non. Ils leur donnent l'*illusion* d'un résultat qu'en vérité ils n'ont pas obtenu. Moshe Feldenkrais, par exemple, fait coucher ses élèves sur le ventre, leur fait lever la tête et faire des mouvements du cou qui, quels que soient les autres buts annoncés, ne peuvent que faire travailler, donc raccourcir davantage, les muscles du dos. Par la suite, cependant, il leur demande de se coucher sur le dos et d'apprécier combien le dos est maintenant plus long, plus plat contre le sol. Mais il ne l'est pas, il ne peut l'être, c'est anatomiquement impossible. C'est le devant de leur corps qui a pu s'allonger, mais les élèves, sous l'effet de la suggestion et parce qu'ils distinguent mal les sensations du devant de celles de l'arrière de leur corps, ont l'*illusion* que leur dos s'est allongé. Les muscles de leur dos ne peuvent être qu'encore plus serrés, plus courts, mais cela ne fait rien : ils les veulent plus longs parce que c'est le résultat attendu et ils croient qu'ils les sentent plus longs. C'est justement quand l'erreur du maître engendre

1. M. Feldenkrais, *La Conscience du corps*, Paris, Laffont, 1971.

l'illusion de l'élève qu'il est temps de la dénoncer, ce que – à mes risques et périls – je fais.

Mais il serait très injuste de croire que je conteste tout le travail de Moshe Feldenkrais. Au contraire, je trouve extrêmement riche une partie de son travail, celle où il s'agit de la coordination entre commandes nerveuses et cérébrales et action musculaire, et les mécanismes par lesquels le corps apprend.

Ainsi il m'arrive parfois de faire faire à ceux qui participent à mes groupes un travail « par la pensée » conçu par Moshe Feldenkrais. On commence par le côté droit en faisant pendant un bon quart d'heure un enchaînement de petits mouvements qui mènent vers une plus grande amplitude de la mobilité du bras, de l'épaule, de tout le côté droit du corps. Au lieu de refaire le même travail à gauche, l'élève ne bouge pas, mais imagine qu'il est en train de le faire à gauche ; il répète en pensée, de façon aussi détaillée et précise que possible, tout le mécanisme du mouvement qu'il a effectué à droite. Cette reconstitution imaginaire accomplie, il bouge réellement le bras et l'épaule gauches et, presque inévitablement, il fait *immédiatement* le mouvement complet avec une aisance et une amplitude plus grandes que celles qu'il avait acquises après un long travail « réel » sur la partie droite du corps.

J'apprécie aussi certains mouvements très frustrants pour l'élève parce qu'ils lui font découvrir qu'il y a des choses, apparemment très simples, qu'il est totalement incapable de faire. Les mouvements « contrariés » de Moshe Feldenkrais où la tête et les épaules, par exemple, se déplacent en sens contraire et les mouvements faits sans que l'élève puisse compter sur des repères spatiaux sont particulièrement riches. Bref, sont valables pour moi dans son enseignement les mouvements qui ne fortifient pas davantage la musculature postérieure tout en faisant découvrir de nouveaux circuits d'énergie et d'intelligence entre les parties du corps et entre le cerveau et les muscles. (Je n'en fais pas la description ici parce que vous pouvez trouver ces mouvements dans *La Conscience du corps*.)

Je voudrais conclure en répondant à ceux qui me reprochent de ne pas avoir fait mention de Moshe Feldenkrais dans mon premier livre. *Le corps a ses raisons* raconte mon cheminement personnel qui m'a amenée vers Suze L. qui, elle, avait étudié avec Moshe Feldenkrais. Mon but n'était pas de remonter la filière de l'enseignement de Suze L., mais de décrire ce que j'avais appris d'elle et comment j'ai intégré ce que j'y ai trouvé de mieux dans ma conception de l'anti-gymnastique.

Gerda Alexander est une Danoise qui a créé une méthode qu'elle appelle l'Eutonie (bon tonus) et qu'elle enseigne dans son école de Copenhague et dans les stages qu'elle donne en Europe. L'Eutonie trouve des applications aussi bien dans la rééducation d'enfants handicapés, de sportifs, de danseurs que dans celle des personnes souffrant d'affections traumatiques, orthopédiques et neurologiques. Elle comporte des mouvements dont le but est de donner à celui qui les pratique une meilleure conscience de ses sensations et de lui permettre de découvrir ses gestes « naturels » : ceux qu'il aurait faits si on ne lui avait pas appris à se forcer, à utiliser une énergie maximale pour un résultat peu satisfaisant. Raconté ainsi, cela semble très bien, mais…

L'Eutonie se veut une méthode d'équilibrage des tensions et de la recherche de la cause de ces tensions.

Mais cet équilibrage et cette recherche ne peuvent être qu'incomplets parce qu'ils ne sont pas fondés sur le corps tel qu'il est. D'après Gerda Alexander, la fatigue ou un embarras gastrique peuvent être la cause d'un port de tête déséquilibré, c'est-à-dire projeté en avant. La peur est donnée comme la cause des tensions. C'est intéressant, mais ce n'est pas suffisant. La tête se porte en avant parce qu'elle est *poussée* en avant par l'excès de tension dans la nuque qui, elle, est tenue arquée en arrière par ses muscles raccourcis. La peur est certainement une cause de tensions, mais cette peur, refoulée depuis si longtemps, a pris corps : elle est contenue dans ce qui est devenu une zone morte du corps. On a beau situer la raison « psychologique » de sa peur ou l'incident physique réel qui en est l'origine, on ne peut se débarrasser ni de la peur ni de la tension profonde qui est la forme qu'elle a prise si on ne situe pas où elle loge. Et cette tension profonde, comme toutes celles qui déterminent la forme du corps, ne se situe pas ailleurs que dans la musculature postérieure.

Il est évident que Gerda Alexander ne tient pas compte de cette vérité puisqu'elle préconise toute une gamme de mouvements où l'élève se penche en arrière ou bien travaille ses abdominaux, ce qui fait resserrer davantage les muscles postérieurs qui sont justement ceux de la peur. C'est pour ces raisons que je dois conclure que l'Eutonie ne peut être qu'une méthode d'éveil de sensations, de détente provisoire (comme toute détente), de soulagement… ce qui est déjà considérable. Mais l'Eutonie ne peut mettre ses adeptes sur le chemin d'une véritable guérison, d'un changement dans la structure de leur corps, parce qu'elle ne cherche pas à éliminer la cause du malaise ou de la déformation.

Il y a quelques années, j'ai participé à un stage de Gerda Alexander en France. J'ai beaucoup apprécié un travail préliminaire qu'elle faisait faire. À chaque stagiaire, elle a distribué une poignée de pâte à modeler. Elle nous a dit de prendre notre temps et de modeler « un petit bonhomme » en gardant les yeux fermés. Le travail terminé, chacun a ouvert les yeux sur son autoportrait.

Personne n'était vraiment étonné ; certains étaient catastrophés ; tous éprouvaient une certaine gêne. Une danseuse a fait un corps tout en jambes. Un agrégé en philosophie a fait une grosse tête sur un tout petit corps-socle. Un homme à la tête dans les épaules a fait un bonhomme sans cou. Un homme de très petite taille ne s'était servi que d'une pincée de pâte pour modeler un portrait miniature. Une femme scoliotique a fait un corps en diagonale. J'ai fait une femme avec une jambe plus mince que l'autre (non pas qu'elle le soit réellement mais, je m'en suis rendu compte en ouvrant les yeux sur ma « création » et sur moi-même, une blessure ancienne m'avait laissé la conviction jamais reconnue jusqu'alors que cette jambe était affaiblie). Presque toutes les petites sculptures étaient plates, des bas-reliefs en quelque sorte ; peu avaient un sexe, des doigts ou des orteils ; les têtes avaient parfois des cheveux mais rarement des traits.

À la fin du stage, Gerda Alexander nous a fait refaire le petit bonhomme, toujours les yeux fermés. Parce que nos sensations avaient été éveillées, notre existence dans l'espace, affirmée, et notre contact avec le sol et tout l'environnement, agrandi, il n'était pas très surprenant de découvrir que nos seconds bonshommes étaient plus ronds, qu'ils avaient des pieds, des mains, sinon un sexe, que les têtes avaient des yeux, parfois même un nez et une bouche. Mais je continuais encore à être plus intéressée par les premiers autoportraits qui semblaient bien indiquer que, quelque part en nous, nous savons comment nous sommes, alors même que nous ne savons pas que nous le savons. Une poignée de pâte à modeler nous permet de donner forme à notre image occultée, celle qui hante notre inconscient. Nous savons donc *comment* nous sommes (autrement nous n'aurions pas éprouvé le besoin de cacher ce savoir de nous-même), mais – et ceci me paraît le plus important – nous ne croyons pas que nous puissions être autrement. Nous nous sentons piégés à jamais dans notre corps et par les secrets qu'il enferme. C'est pour cette raison que toute méthode qui nous apprend que nous pouvons bouger – au sens propre ou figuré ou, de préférence, les deux – a ses mérites.

Avant de dire ce qu'est la relaxation, je voudrais dire très clairement ce qu'elle n'est pas : la relaxation n'est pas de l'anti-gymnastique et ne lui ressemble en rien, quoi qu'en pensent certains « relaxologues » et certaines personnes qui m'ont écrit pour suivre mes « cours de relaxation ».

Pour être plus « relaxe », comme on dit, il suffit parfois de boire un verre d'alcool, de prendre un bain chaud, de changer d'air… mais vous ne pratiquerez pas pour autant de la relaxation. En gros, car il y a énormément d'écoles, la relaxation est une technique de suggestion qui a ses racines dans l'hypnose. Elle vise à la détente musculaire et psychique et à l'élimination d'une variété de symptômes : insomnie, nervosité, fatigue excessive, alcoolisme, tabagisme… (Il n'est jamais question, que je sache, d'éliminer *la cause* des symptômes.) Sa réussite (forcément partielle) dépend, d'après ce que j'ai pu constater, des pouvoirs de persuasion du thérapeute ainsi que de l'imagination et du désir du patient de s'y soumettre. La relaxation se pratique en séances individuelles et en groupe.

Ma première expérience de la relaxation ne fut guère concluante. J'avais à peine commencé à travailler, et, ayant beaucoup entendu parler de cette méthode, j'ai décidé de l'essayer sur moi-même. Un soir, après mon dernier groupe, j'ai couru chez une relaxologue réputée. Elle m'a fait entrer dans une pièce feutrée, à peine éclairée, et m'a priée de m'allonger sur un divan confortable, d'étendre les bras le long du corps et de fermer les yeux. « Fermez les yeux, fermez les yeux, fermez les yeux », m'a-t-elle dit sur un ton tour à tour doux, ferme, extraferme. Je ne sais pas si elle a dit autre chose car, fatiguée après une très longue journée et une course contre la montre pour arriver à l'heure du rendez-vous, je me suis endormie aussitôt. Quand je me suis réveillée une demi-heure plus tard, ma relaxologue n'était plus là. Mais je n'étais pas seule. Sa secrétaire, carnet de comptes en main, attendait mon règlement pour la séance. Je n'ai eu ainsi aucun mal à me faire une opinion… de l'éminente relaxologue.

Ma seconde expérience est plus récente et plus intéressante. Un psychiatre de province m'avait écrit plusieurs fois, désireux de commencer à apprendre ma pratique lors d'un séjour de deux mois à Paris. Je lui ai répondu qu'il pouvait participer à mes groupes et que moi et mes nouveaux collaborateurs serions heureux de le recevoir. J'ai vu arriver un homme d'une quarantaine d'années, d'apparence doux, mou, timide, une voix surprenante : grave mais avec quelque chose de douceâtre, d'étudié, une voix de séducteur. Le jour même j'ai pu l'inclure dans un de mes groupes et constater qu'il était potelé mais pas mou du tout. En fait, son torse, qui ne pouvait bouger que d'un seul bloc, était d'une rigidité exceptionnelle. Sa tête tournait à peine ; il ne pouvait lever les bras au-dessus des épaules sans se faire mal.

Après le groupe j'ai cru qu'il voulait me parler de ce dont il venait de faire l'expérience. Mais il ne m'a parlé que de son travail et de son désir de l'enseigner à moi et à mes collaborateurs. Je lui ai proposé de venir pendant l'après-midi que nous réservons chaque semaine pour parler ensemble ou travailler avec un praticien de l'extérieur. Ainsi nous avons appris qu'il pratiquait sa version personnelle de la relaxation selon Jacobson, qui consiste à contracter puis relâcher systématiquement tous les groupes de muscles du corps. Le patient est censé prendre conscience de ses tensions musculaires, qu'il aggrave avant de les détendre. J'ai vu que certains de mes collègues étaient déjà prêts à poser des questions, mais ils se sont retenus et moi aussi.

D'une voix qui se voulait chaleureuse ou mystérieuse ou même peut-être naturelle, mais qui sortait sirupeuse de solennité, il nous a dit de nous allonger sur le dos dans la position qui nous convenait le mieux. J'ai plié les jambes et posé les pieds par terre sous les genoux. Mes collègues ont dû faire pareil. Notre invité nous a dit de fléchir l'avant-bras sur le bras, de serrer bien, de serrer fort (un temps), de serrer très fort et puis de re… lâ… cher. Ce dernier mot était chuchoté sur une longue expiration.

Ensuite nous avons serré bien, serré fort, serré très fort et re… lâ… ché nos biceps, nos triceps, etc., bon public devant notre meneur de jeu. À la fin de la séance, il nous a demandé nos sensations et impressions, et chacun, gentiment, consciencieusement, a livré les siennes. Puis notre psychiatre-relaxologue-séducteur-dompteur nous a dit sa surprise de nous voir si conformistes, ayant remarqué que nous nous étions tous allongés dans la même position. Alors un de mes jeunes collègues n'y tint plus. Il expliqua que ce n'était pas par conformisme mais par confort, puisque les raccourcissements de la musculature postérieure étaient réduits dans cette position. Puis il s'est lancé dans les questions que depuis le début nous avions tous envie de poser : « Vous dites que dans les séances à venir vous allez nous faire faire des contractions puis des relâchements de tous nos groupes musculaires. Mais que fait-on des muscles qui sont déjà si contracturés qu'on ne peut plus les contracter ? Où en sont-ils, ces muscles qui ne bougent pas sur simple commande, quelle que soit la bonne volonté de l'élève ou la force persuasive du thérapeute ? Nous avons tous des muscles qui n'ont pas bougé depuis des années. » Notre invité a souri avec indulgence et, prenant le ton qu'il a dû juger approprié pour s'adresser à un fou doux ou à un enfant débile, a demandé qu'on lui donne un exemple d'un de ces muscles mystérieux. Insoumis, mon collègue a répondu : « Les muscles des fesses. Parfois les gens les ont si serrés qu'ils ne les relâchent même pas dans le sommeil. Et puis, j'en connais qui ont les muscles spinaux cimentés. » Le relaxologue au torse soudé, lui, n'en connaissait pas.

À mon avis, les techniques de relaxation dépendent justement de la dépendance au thérapeute de ceux qui se soumettent à son travail. Notre invité, interrogé sur le pouvoir de sa voix et l'influence qu'elle avait sur ses patients, admettait que peu d'entre eux arrivaient à réussir les exercices sans lui. Certains lui ont demandé d'enregistrer sur cassette les séances, et il l'a fait. Par la suite il a été déçu d'apprendre que ses patients n'arrivaient pas non plus à « se sevrer » de la cassette. Je crois que le sevrage ne peut jamais s'accomplir : le patient est maintenu dans la dépendance parce qu'il est maintenu dans l'*illusion*. La voix persuasive du thérapeute lui fait croire qu'il fait un travail en profondeur, un travail qui mène vers des changements importants et durables. S'il n'arrive pas à avoir l'*illusion* que ses contractures se relâchent, c'est le patient qui est responsable de l'échec : il n'a pas été assez attentif à la voix illusionniste (tout comme certaines personnes qui ne peuvent se laisser hypnotiser). Mais quel que soit le degré de coopération de la part du patient, je crois que sa dépendance est inévitable, tout simplement parce que le travail en profondeur n'est jamais fait, les raideurs qui déterminent la forme du corps et son comportement restent intactes et le patient demeure dans l'attente d'un changement qui ne peut venir.

Les grands illusionnistes, ainsi que les petits et les moyens, il en existera tant qu'il y aura des thérapeutes méconnaissant le corps tel qu'il est et tant qu'il y aura des patients recherchant une thérapie non pas pour les sortir de leur malaise mais pour les y maintenir, un peu plus confortablement peut-être.

Un neuropsychiatre que je connais bien et qui pratique une thérapie psychocorporelle de groupe depuis longtemps, n'a plus, lui, aucune illusion sur le travail thérapeutique. « Toutes les thérapies, dit-il, se font sous hypnose. » Peut-être a-t-il raison. La présence du thérapeute, son regard, sa voix, ses mains mettent le patient dans un état autre ; il se soumet ou au moins une partie de lui-même se soumet au thérapeute, même, je crois, quand celui-ci se veut non directif. Mais une fois la séance ou le traitement terminé, le patient doit pouvoir lui-même faire lever le sort. Il doit avoir assimilé « l'enseignement » du thérapeute ; il doit pouvoir s'écouter quand il est seul, loin de l'oreille témoin du thérapeute. Le but de toute thérapie n'est-il pas de se passer du thérapeute ?

Mais comment le thérapeute peut-il favoriser l'indépendance du patient si, lui, reste dépendant du thérapeute qui est son maître ? Récemment, j'ai rencontré un petit troupeau de thérapeutes californiens en compagnie de leurs bergers : un couple de cinquante-cinq ans environ qui émettait une vitalité, une chaleur qui ne pouvaient que vous toucher entre autres raisons parce que ces braves gens vous touchaient littéralement et constamment. Quand nous avons été présentés pour la première fois, j'ai, naturellement, tendu la main. La femme l'a prise dans les siennes comme si c'était un cadeau précieux et fragile, puis ses deux mains ont monté le long de mon poignet, mon bras, se sont séparées à la hauteur de mon coude pour me prendre doucement par les épaules. Me tenant ainsi, la femme m'a pressée contre son corps… et tout cela avant de me dire bonjour. Puis elle m'a lâchée, et son mari qui attendait, patient et attendri, derrière elle, l'a imitée. Leurs trois disciples étaient plus réservés, se contentant de m'embrasser sur les deux joues, « French style », comme ils disaient, avant de me dire leur nom. Puis, eux, de toute évidence ravis d'avoir fait ma connaissance, et moi, étonnée de ce comportement exotique, mais plutôt séduite que sceptique, nous sommes partis au bistrot pour parler ensemble. Une fois assis, ils ont rapproché leurs chaises jusqu'à ce qu'il ne reste aucun espace entre elles et, pendant toute la conversation, le couple et les trois disciples se sont touché la joue, les mains, l'épaule, la cuisse, comme si, pour se faire comprendre, il fallait que leurs mots passent aussi par leur corps.

J'ai appris que le couple pratiquait ce qu'en France on appelle le massage californien et l'enseignait à qui voulait l'apprendre. Eux, partaient le lendemain, mais leurs trois disciples restaient pour prêcher le bon toucher. Ils m'ont expliqué que le massage avait complètement bouleversé leur *way of life*. Ils avaient été des petits commerçants étriqués et tristes, et maintenant ils vivaient dans la volupté en pleine nature. Ils avaient une maison solaire, un *hot tub* (une petite piscine chaude dans le jardin), dans lequel ils se baignaient nus. Chaque matin avant le petit déjeuner, ils se donnaient l'un l'autre un massage avec les huiles savantes qu'ils mélangeaient eux-mêmes. Soudain l'homme s'interrompit et me dit que rien que de parler de ces massages lui donnait envie de m'en faire un, mais que malheureusement sans les huiles ce n'était pas aussi bien. Ce qui ne l'empêchait pas de prendre une de mes mains et de me la masser. C'était plutôt des petits attouchements, des caresses, des chatouilles. La femme, inspirée par l'initiative de son mari, s'exclamait : « Après, je lui masserai les épaules ! », ce que je n'ai pas su l'empêcher de faire, debout derrière ma chaise, dans ce bar bien parisien, sous les yeux ébahis des habitués et ceux, ravis, des disciples.

La semaine suivante, j'ai eu la visite des trois disciples. Je ne les ai pas reconnus. Ternes, timides, rétractés, ils se tenaient à une distance socialement acceptable, me tendaient poliment les mains, les joues. Entre eux, ils ne se touchaient plus. Ils ne s'animaient que pour me raconter qu'ils avaient reçu une carte postale de leurs maîtres, assez illisible parce que tachée d'huile. Sans ce couple étonnant, ils semblaient incapables de trouver la chaleur, la vitalité, ces qualités qui justement ne s'apprennent pas mais qui auraient pu donner une certaine valeur à leur travail. Il ne leur restait donc que leur technique, bien limitée, je peux dire, maintenant que j'en ai fait l'expérience.

L'un des disciples était venu pour me faire une séance de massage californien. Séance que je peux résumer en disant qu'il y avait une différence entre sa définition d'un corps bien huilé et la mienne. Moi, j'emploie parfois cette image pour parler des os des articulations qui tournent l'un dans l'autre sans entraves parce que les muscles qui leur sont attachés ne les tirent pas en dehors de leur emplacement précis et normal. Le mouvement fluide, libre, des épaules, des genoux, des hanches donne l'impression que l'articulation est « huilée ». Mais pour mon praticien du massage californien, cette lubrification ne dépassait pas l'épiderme. Il huilait mon corps avec un mélange qui sentait fort le bouquet de Provence et me donnait l'impression qu'il me préparait pour le barbecue. Il y a certainement des gens que ce genre de massage fait glisser dans les rêveries voluptueuses, « relaxantes ». À moi, il n'a donné qu'une envie : me précipiter vers une douche chaude.

En relatant mon expérience d'autres méthodes et en exprimant mes réticences, je crains de donner l'impression de n'être d'accord avec rien d'autre que la méthode Mézières, d'être tellement fixée sur la musculature postérieure que je tourne le dos à toute autre technique. Il est temps donc de vous parler d'une thérapie corporelle à laquelle je m'intéresse depuis un an et qui est pour ainsi dire inconnue en France : le rolfing.

Appelée aussi intégration structurale, cette méthode est la création d'Ida Rolf, une biochimiste qui a été amenée à trouver un moyen nouveau pour guérir son fils, parce que aucune méthode de sa connaissance (elle ne connaissait pas la méthode Mézières) ne le pouvait. (Il est intéressant de noter que presque tous les pionniers de thérapies corporelles – qui sont pour la plupart des pionnières : fait non négligeable qui mériterait d'être plus longuement considéré – ont été eux-mêmes souffrants ou ont voulu soigner un de leurs proches.)

J'ai pris connaissance du rolfing d'abord à travers les écrits d'Ida Rolf, qu'on ne peut trouver pour l'instant qu'en anglais. J'ai été séduite avant même de lire la description de son travail parce qu'elle parle d'emblée de ses effets émotionnels. J'ai reconnu dans ses propos des concepts formulés par certains « psys » de tendance reichienne, mais c'était la première fois de mon expérience qu'un thérapeute corporel les exprimait et les incorporait dans sa vision de son travail. En fait, les patients d'Ida Rolf et de nombreux journalistes avaient si souvent raconté les bouleversements émotionnels qu'occasionne le rolfing, qu'elle se croyait obligée de dire qu'il ne fallait pas prendre sa méthode pour une psychothérapie de plus.

Pour elle, comme pour Françoise Mézières, c'est la structure qui détermine la fonction. Mais tandis que Mlle Mézières ne se préoccupe que de la fonction physiologique, pour Ida Rolf, la fonction émotionnelle, tout le comportement de l'être ne peuvent manquer de changer quand sa structure corporelle change. « La structure, dit-elle, *est* le comportement[1]. » Elle décrit certains problèmes que nous appelons « psychologiques » comme des échardes bien réelles dans une chair non moins réelle. Inconsciemment, d'après elle, nous avons donné une forme biologique à nos attitudes mentales. Nos réactions nerveuses, glandulaires, musculaires ne sont pas seulement liées à nos états émotionnels, elles *sont* nos états émotionnels. Autrement dit, nos problèmes émotionnels sont pris dans nos muscles « bétonnés » qui, eux, nous obligent à créer une mauvaise organisation musculaire. Cette mauvaise organisation date du moment où le problème s'est posé. Ainsi un homme de quarante ans peut avoir les jambes de ses cinq ans, l'âge auquel pour une raison bien précise l'organisation musculaire de ses jambes s'est figée. (Peut-être a-t-il fait une chute grave ou ses parents l'ont-ils convaincu que s'il courait il ferait une chute grave. Peut-être, pour se conformer à l'idéal de ses parents, a-t-il renoncé aux jeux actifs pour rester plié à sa table de travail ou peut-être a-t-il eu « les jambes coupées » par une peur devenue indicible… Il y a autant de scénarios que de petits garçons.) Restructurer ses jambes, c'est faire sortir l'enfant de cinq ans, apeuré, frustré ou honteux, qui s'y cachait : c'est donner la possibilité d'éliminer du comportement de l'homme de quarante ans les états émotionnels d'un enfant de cinq ans. (C'est aussi, ajouterais-je, se trouver aux prises avec une accumulation de trente-cinq ans de résistance à ce changement.)

D'après Ida Rolf, qu'un changement véritable soit effectué par la voie d'une thérapie corporelle ou par

1. I. Rolf, *Rolfing : the integration of human structures*, Santa Monica, Dennis-Landsmann, 1977, p. 31.

une psychothérapie, il est inévitable qu'il y ait un changement charnel, que les entraves énergétiques soient levées, que le corps puisse se mouvoir avec davantage d'aisance. Sans ce changement dans le corps aussi, les résultats d'une thérapie ne peuvent être qu'illusoires, fugitifs : l'un ne bouge pas sans l'autre…

Pour que « ça bouge », Ida Rolf a découvert qu'il fallait rétablir la mobilité des *fascia.* Les fascia, ou tissus conjonctifs, entourent chaque muscle et chaque os. Ils forment un vaste réseau à travers le corps entier. Sous l'effet des coups, des chocs, les fascia, au lieu d'être fins et élastiques, durcissent. Les couches de fascia se collent entre elles et collent contre les muscles qu'elles entourent, les protégeant sur le moment, comme un sparadrap une blessure. Mais si le corps sait créer ses sparadraps internes, il ne sait pas les enlever. Une fois les fascia collés, ils restent collés… jusqu'à ce qu'un « rolfer » (praticien du rolfing) les décolle, rendant ainsi leur mobilité non seulement aux fascia, mais à la myofascia, c'est-à-dire à l'ensemble composé des fascia et du muscle qu'ils entourent. Quand les fascia sont décollés (et peuvent « glisser comme de la soie l'un sur l'autre »), les muscles peuvent être assouplis et allongés, les articulations peuvent trouver leur emplacement exact et leur pleine mobilité ; les masses du corps (tête, épaules, thorax, pelvis, jambes…) peuvent enfin s'aligner d'aplomb et le corps trouver sa verticalité, c'est-à-dire sa structure équilibrée. « Les fascia, dit Ida Rolf, sont l'organe de la structure[1]. »

1. I. Rolf, *Ida Rolf talks about rolfing and physical reality*, New York, Harper and Row, 1978, p. 34.

Comment un rolfer décolle-t-il les fascia et amène-t-il son patient vers cette verticalité recherchée ? Avec ses mains… et parfois avec ses coudes (le surnom d'Ida Rolf était « the elbow »). Le rolfing donc est une méthode qui atteint toutes les couches de fascia du corps entier depuis la plus superficielle jusqu'à la plus profonde, depuis les pieds jusqu'au crâne compris… et cela en dix séances. Mais plutôt que de faire la description objective de cette méthode, je voudrais parler de l'expérience que j'en ai faite, expérience d'autant plus intéressante pour moi que c'était la première fois de ma vie que je me trouvais dans la position de patiente.

Ayant lu la version américaine du *Corps a ses raisons*, une Californienne qui pratique le rolfing m'a écrit, désireuse d'en savoir plus sur l'anti-gymnastique et sur la méthode Mézières en se faisant soigner elle-même. Elle me proposait, en échange des séances que je lui ferais, de me faire les dix séances de rolfing.

J'ai vu arriver une femme d'une cinquantaine d'années avec de longs yeux d'un bleu que je n'avais jamais vu et que j'imagine être celui du Pacifique. Exubérante, chaleureuse, maternelle même, elle avait cette simplicité dès le premier contact qu'on dit typiquement américaine. (C'est la femme dont j'ai déjà parlé qui commence ses séances en prenant la main de son patient dans les siennes.) Passionnée par son travail, elle m'expliqua qu'au moment où elle avait appris le rolfing il n'était pas nécessaire d'avoir l'équivalent d'un diplôme en kinésithérapie, mais qu'il fallait avoir fait une psychothérapie ou une analyse. De préférence, les candidats devraient pratiquer un travail manuel de précision. (Un des rolfers les plus éminents avait été sculpteur ; beaucoup d'autres, artistes ou artisans.) Elle ajouta (elle-même en instance de divorce) que plus de la moitié de ses collègues avaient divorcé ou avaient connu des bouleversements dans leur vie intime depuis qu'ils étaient devenus rolfers. Le travail était trop prenant, expliqua-t-elle, il fallait être totalement disponible ; on se laissait envahir par la vie des autres à force de les envahir, eux, d'entrer dans leur peau. Quant aux patients, on ne comptait plus ceux qui avaient changé de travail, de mode de vie. Particulièrement intéressée par les enfants, surtout ceux qui avaient eu des traumatismes cérébraux, elle en soignait par de très courtes séances et organisait même des groupes d'enfants, les rolfant tout en jouant avec eux. Ida Rolf avait dû sentir en elle cette aptitude exceptionnelle car la première personne sur laquelle elle lui avait fait faire un travail pratique pendant son apprentissage était un bébé de deux mois !

Intéressée plus que jamais, j'avais hâte que l'heure de ma première séance arrivât. Mais le souvenir le plus marquant que j'en garde est ma difficulté à être entièrement présente à cette séance en tant que patiente. Je gardais mes distances en quelque sorte, refusant d'accepter que je faisais autre chose qu'une expérience professionnelle. À chaque instant, je levais la tête pour voir les mains de ma thérapeute (j'évitais cependant son regard), je bougeais trop, je parlais beaucoup… d'elle. Bref, j'essayais de m'échapper comme je le pouvais. On a beau percevoir les résistances des autres…

Mais j'ai bien été obligée de revenir à la réalité de mon corps quand ma rolfer s'est mise à travailler ma jambe droite (la même que j'avais modelée « faible » chez Gerda Alexander). J'ai poussé un cri qui n'était en rien distancié. Puis j'ai essayé de me rattraper en ouvrant la discussion sur la réputation qu'a le rolfing d'être très douloureux. « La douleur est une opinion », m'a répondu ma tortionnaire, imperturbable. Je protestais, mais elle restait sereine et continuait à déchirer mon mollet en fines lamelles. « Ce n'est pas moi qui vous fais mal, c'est vous. La douleur que vous éprouvez maintenant vient de votre résistance. » Le grand mot lâché, j'ai relâché la tension dans ma jambe… et la douleur s'est apaisée aussitôt. « En fait, m'a-t-elle dit, notre douleur physique, psychique, tout ce que vous voulez, vient de notre refus de faire la pleine expérience d'un événement quand il nous arrive. On se crispe et cette crispation augmente la douleur. Ou bien on se met à exercer sa volonté pour se convaincre qu'on ne sent rien. Mais ça ne marche jamais très bien, ainsi on ajoute une blessure à son amour-propre en prime. Qu'en pensez-vous ? »

Je ne pensais rien, je n'avais plus envie de discuter. N'étant plus occupée à faire barrage, je m'étais mise dans ses mains et je m'y trouvais très bien. À la fin de la séance, je me suis sentie longue, élastique, gaie, avec une irrésistible envie de bouger, de rire. Je l'ai remerciée et nous avons pris rendez-vous pour la semaine suivante.

Mais dès le lendemain j'ai commencé à attendre ce deuxième rendez-vous, à me sentir impatiente et anxieuse à l'idée que le rendez-vous pouvait être annulé ou retardé. Je ne me reconnaissais plus. Je ne comprenais pas comment j'étais devenue subitement dépendante, mais ces quelques jours d'attente m'ont beaucoup aidée à comprendre la dépendance de mes propres patients, leur désir de se retrouver auprès d'une personne qui leur fait du bien, qui semble les connaître mieux qu'ils ne se connaissent eux-mêmes.

Je ne raconterai pas toutes mes séances de rolfing, mais je voudrais parler de la septième, connue à juste titre pour être perturbante. On y travaille le cou ainsi que le dedans et le dehors de la tête, et cela dans tous les sens du mot. En décollant les fascia du crâne et en libérant sa musculature, un rolfer fait bouger les os. Je dis bien les os, car, bien qu'il soit courant de concevoir le crâne comme un seul os, il est fait de seize os (sans compter ceux de la mâchoire) et d'une cinquantaine d'articulations : fait que j'aurais très bien pu ignorer moi-même puisque le programme d'études de kinésithérapie classique que j'ai suivi avant d'apprendre la méthode Mézières n'inclut pas la tête !

La tête, donc, parce qu'elle est très complexe et articulée, peut, comme tout le reste du corps, changer de structure, et cela quel que soit l'âge du patient. En faisant bouger les os de mon crâne, ma rolfer m'a permis de retrouver les sensations de ma naissance par les forceps. Terrifiante expérience, terrifiante re-expérience. J'ai compris que j'avais gardé les traces de ma naissance non seulement dans une petite cicatrice sur le front, mais dans une blessure profonde des tissus sous la peau, sans parler de blessures plus profondes encore.

Mais peut-être que la partie la plus impressionnante de cette séance est le travail fait à l'intérieur de la bouche, sur les fascia du palais, des parois des joues et de la langue. Ayant observé que tous les muscles de la tête, du cou et du visage sont attachés directement ou indirectement aux vertèbres cervicales, Ida Rolf a décrété qu'il était impossible d'aligner ces vertèbres et de donner à la tête son port approprié sans travailler tous les muscles de la tête, même les moins évidents. Une des raisons capitales de rechercher un bon port de tête, d'après Ida Rolf, est de permettre au cerveau de fonctionner comme l'organe « flottant » qu'il est. Fait pour se mouvoir librement dans l'enceinte du crâne, le cerveau cogne contre la paroi interne et ne peut être irrigué intégralement quand la tête est chroniquement penchée. Une autre observation très juste d'Ida Rolf : on peut être gêné par son genou, sa hanche, etc., mais on n'est jamais amené à dire « je suis malade » sans qu'il y ait malaise dans la nuque.

Mais revenons aux fascia de l'intérieur de la bouche. Comment ont-ils pu se coller, sous l'effet de quels coups ? Sous le coup de l'autorépression, pourrait-on dire ; sous le coup de tout ce que nous avons avalé au sens propre et figuré sans désir, sans acceptation ; sous l'effort de s'empêcher de crier, de pleurer, de dire, et sous celui de tourner sept fois tous nos propos dans notre bouche jusqu'à la perte de notre spontanéité et au sacrifice de la mobilité de notre langue.

Ceux qui ont la langue « contracturée » sont souvent bavards : ils éprouvent le besoin d'agiter leur langue pour essayer de la détendre, comme ces enfants dits « hyperactifs » qui bougent constamment dans un effort pour se libérer de leur musculature nouée. Ida Rolf fait mention d'un garçon soigné par un rolfer qui s'est trouvé plus heureux en société parce qu'il pouvait enfin se permettre de laisser la parole aux autres et de les écouter. Contrairement à l'expression courante, « délier la langue » mènerait plutôt vers une nouvelle possibilité de silence.

Rien que ce petit aperçu du rolfing démontre son intérêt et sa valeur. Sans aucun doute, il apporte quelque chose de nouveau et d'important en éclairant le rôle des fascia, abordés pour la première fois séparément des muscles qu'ils entourent. Pour ma part, j'apprécie beaucoup la façon dont les rolfers sont formés, le fait qu'on exige d'eux qu'ils aient *a priori* de l'adresse, un sens esthétique et un sens aussi de l'unité corps/esprit. J'ai l'intention de continuer à travailler en collaboration avec des rolfers… des vrais, ceux certifiés de l'Institut Rolf du Colorado aux États-Unis. (Méfiez-vous : l'intégration posturale n'est pas la même chose que l'intégration structurale, le nom officiel du rolfing véritable.) À quelques réserves près, je trouve que le rolfing est une excellente mise-en-souplesse qui peut faciliter toute autre thérapie – corporelle ou autre – entreprise par la suite. Je suis certaine aussi qu'après dix séances de rolfing toute personne dite « bien portante » peut se porter mieux encore. Je ne suis pas convaincue, cependant, de ses possibilités de guérir pour de bon les déformations très graves… ce qui m'amène à considérer le rolfing par rapport à la méthode Mézières.

Le rolfing est pour ainsi dire la seule technique occidentale de ma connaissance qui ne contredise pas les principes de base de la méthode Mézières ; c'est déjà ça. Ida Rolf a reconnu l'importance d'allonger la musculature dans son ensemble, accordant un rôle important au psoas, le plus raccourcissant des muscles postérieurs. Dans ses écrits elle parle longuement de la nécessité de rechercher la symétrie du corps tridimensionnelle : symétrie latérale, antérieure-postérieure, et celle du haut du corps par rapport au bas. Elle considère qu'il faut rechercher les causes et non soigner les symptômes. Et, bien sûr, elle a bâti sa méthode à partir de l'idée que la structure détermine la fonction et non le contraire. Mais…

Je ne sais pas le dire autrement : Ida Rolf n'est pas Françoise Mézières. Elle n'a pas fait la même découverte. On peut dire qu'Ida Rolf est allée plus loin (plus large plutôt) dans ses recherches, mais dans son trajet elle ne s'est pas arrêtée assez longtemps devant ce que je considère comme primordial : l'anatomie de la musculature postérieure qui fait qu'elle est inévitablement à l'origine de toute déformation acquise. Ida Rolf est morte l'année dernière sans connaître la découverte de Mézières. Peut-être aurait-elle pu se renseigner, mais comme presque tous les innovateurs de thérapies corporelles (Mlle Mézières comprise), une fois sa méthode mise au point, elle cherchait à l'approfondir dans les limites de sa définition et ne regardait plus ailleurs. Mais dans les années à venir peut-être que certains rolfers et certains praticiens de la méthode Mézières collaboreront et enrichiront ensemble le travail de leurs maîtres.

Championne intarissable de la méthode Mézières, certainement en partie responsable de l'essor prodigieux qu'elle a pris depuis trois ans, je suis pourtant mal vue par un grand nombre de mes copraticiens. J'ai été placée devant ce triste paradoxe lors d'un récent congrès de méziéristes dans le Gers où j'avais été invitée par Mlle Mézières à prendre la parole devant quelques centaines des « nôtres ».

Je n'ai pas vraiment été huée (vestiges de bonne éducation obligent), mais dès les premières minutes de mon intervention il y eut des remous d'indignation, des murmures moqueurs et, une fois l'ambiance hostile bien établie, quelques courageux sifflets. Qu'ai-je dit pour déclencher ces réactions ? J'ai dit que notre travail consistait à soigner la personne tout entière. Que le fait d'avoir à notre portée une technique exceptionnelle ne nous exemptait pas de tenir compte des sensations, de la sensibilité et des sentiments de nos patients. Sans cette perception globale, nous resterions des mécaniciens, très calés certes, mais des mécaniciens quand même. J'ai parlé de l'idée de Groddeck que la maladie est une création, parfois la seule dont l'individu soit capable, et j'ai ajouté que pour comprendre la création d'un autre il fallait laisser libre cours à sa propre sensibilité. À en juger par l'agitation de la salle, on aurait dit que je venais d'énoncer pour la première fois l'existence de l'inconscient. Pourtant je n'avais rien dit de très nouveau, rien que je n'aie déjà écrit dans *Le corps a ses raisons*. Justement ! Mes collègues étaient outrés par mes propos parce que des lecteurs, mis au courant de la méthode Mézières et qui s'étaient adressés à eux (très souvent par mon intermédiaire), s'attendaient à trouver non seulement des mains expertes mais un regard, une écoute, une sensibilité… Les méziéristes étaient furieux contre moi parce que, eux, ne pouvaient pas répondre à cette demande. (J'ai appris par la suite qu'ils considéraient que j'avais « créé » cette demande, à la manière des publicitaires censés créer la demande pour un nouveau produit.) Malgré l'agitation grandissante de la salle, j'ai pu parler brièvement, illustrant mes propos de quelques anecdotes qui ressemblent beaucoup à celles que je raconte dans ce livre, mais qui étaient accueillies ce jour-là comme inadmissibles, inécoutables, risibles.

Enfin le temps consacré au débat arriva, et j'ai pu entendre clairement ce que mes collègues avaient à me reprocher. Ils m'en voulaient de leur avoir envoyé des patients « qui nous cassent les oreilles avec leur insupportable bavardage », « des dingues avec des maladies psychosomatiques ». Une femme m'a accusée de projeter mes névroses sur mes patients qui, eux, n'avaient certainement pas autre chose que des déformations physiques. Un méziériste de longue date était content de raconter qu'il avait refusé comme assistant un jeune praticien parce qu'il s'intéressait trop aux thérapies émotionnelles et qu'« il ne faut pas tout mélanger ». D'autres, plus tempérés, protestaient qu'ils n'avaient pas de formation adéquate pour faire face à la personne entière, ajoutant que, s'ils avaient eu une vocation de psychologue, ils ne seraient pas devenus méziéristes.

On ne m'a pas laissé beaucoup de temps pour répondre lors de ce congrès et de toute manière je dois dire que j'étais trop découragée pour le faire. Je voudrais répondre maintenant, écrire non seulement à l'intention de mes collègues mais aussi, et peut-être surtout, à celle de leurs patients, de leurs futurs patients et des miens.

La méthode Mézières est la seule à pouvoir guérir les déformations physiques parce qu'elle aborde directement *la cause mécanique* du mal. Une des preuves de son exacte vérité est que même un praticien limité, inexpert, peut obtenir des résultats avec cette méthode. Je crois d'ailleurs qu'on peut établir une règle générale : plus une technique corporelle est forte, moins il est impératif qu'un praticien le soit, et plus une technique est boiteuse, plus elle dépend des qualités personnelles ou du pouvoir « hypnotique » du praticien.

D'après mon expérience à ce congrès, je constate qu'il est possible de refuser de tenir compte dans son travail du fait que la vie corporelle et la vie psychique sont coexistantes, interdépendantes. Il me semble impossible cependant de nier le fait lui-même. Nous avons une mémoire musculaire qui elle non plus n'oublie rien : elle s'habitue, c'est tout. Depuis que nous sommes nés, notre corps a connu tant de changements que nous ne reconnaissons plus en lui le corps du nouveau-né, le corps de l'enfant, de l'adolescent. Mais nous n'avons pas laissé ces corps derrière nous pour habiter notre corps présent. Nous avons toujours les mêmes muscles ; nous sommes toujours le même corps, accumulation de toutes nos expériences, sorte de banque de souffrances et de plaisirs. Quand on ne ricane plus devant cette évidence par crainte de reconnaître sa gravité et quand on arrive à l'admettre, on ne peut qu'arriver à cette conclusion : en touchant le corps d'un être, on a sa vie, tout son passé, entre les mains.

Plus la technique utilisée pour toucher le corps est complète, donc, plus on a de chances d'atteindre l'être tout entier. Ainsi, la méthode Mézières est potentiellement une méthode globale qui donnerait accès à l'être tout entier. C'est justement ses possibilités immenses qui font peur à ceux qui la pratiquent. Un thérapeute corporel abordant la cause mécanique du mal est aussi proche qu'on peut l'être de la cause *autre*, c'est-à-dire de la détresse psychique originelle, concomitante au détraquement mécanique. Il n'est donc pas étonnant qu'un grand nombre de méziéristes, en frôlant cette détresse-là, baissent les bras, ferment les yeux, se bouchent les oreilles. Ou bien, affolés devant leur nouvelle responsabilité, ils renvoient leurs patients à un autre genre de spécialiste. Ainsi une méziériste hautement compétente a expédié chez un psychothérapeute spécialisé dans les problèmes spécifiques aux musiciens (la spécialisation ne connaît-elle pas de limites ?) un violoniste, ancien enfant prodige, qu'elle a guéri de son arthrose de la nuque, plus désespéré que jamais parce qu'il restait toujours incapable de se remettre à son art. Une autre méziériste, qui a rendu une démarche normale à une femme qui avait eu une poliomyélite dans son enfance, me disait qu'il aurait peut-être fallu ne pas le faire. Sa patiente, qui se servait de son handicap comme d'une béquille, était maintenant si déséquilibrée qu'elle avait fait des tentatives de suicide. Horrifiée d'avoir libéré des démons dont les noms ne se trouvent pas dans un livre d'anatomie, cette thérapeute se sentit encore plus impuissante quand sa patiente refusa de se faire soigner la tête ailleurs et continua à lui demander secours.

Que doit être donc un thérapeute du corps pour pouvoir manier ces lourdes responsabilités ? Il me semble évident qu'il faut d'abord qu'il puisse reconnaître qu'il ne peut modifier impunément la structure corporelle d'un être. Il faut qu'il soit suffisamment en contact avec ses propres émotions pour ne pas faire barrage à celles des autres. Il faut qu'il ait fait face à sa propre souffrance. Il faut aussi non seulement qu'il sache écouter avec commisération, mais qu'il ait une oreille qui capte les sous-entendus, qui entende ce qui est tu, qui soit sensible à la puissance symbolique des mots. Mais comment devenir cette personne-là, ce thérapeute au plein sens du mot ? Pour le moment c'est à chacun de se débrouiller comme il le peut, complétant sa connaissance des mécanismes du corps par des investigations personnelles, et cela parce qu'il n'existe, ni en France ni ailleurs que je sache, une formation intégrale du thérapeute de l'être total. Il est actuellement impossible d'apprendre dans une école à traiter et la cause mécanique du mal et la cause, disons, psychique. Mais même si cette formation existait, combien de physiothérapeutes, combien de psychothérapeutes la rechercheraient ? Combien de « mains » oseraient se considérer autrement ? N'avaient-elles pas leurs raisons profondes (comme moi, d'ailleurs, au départ) pour choisir un travail qui peut se faire dans le silence ? Combien de « têtes » daigneraient apprendre un travail manuel ? Et combien en auraient la force physique après avoir passé tant d'années sur un divan, puis dans un fauteuil derrière un divan ? Il arrive fréquemment aux psychanalystes de désirer « être en contact avec la matière », comme l'exprimait un ami analyste avec un manque de simplicité assez typique. Mais comment satisfont-ils ce désir ? Très souvent en faisant de la poterie ou du tissage…

Avant de décrire mes propres recherches d'une thérapie globale, je voudrais dire aux méziéristes qui sont par définition dans le vrai en ce qui concerne la structure du corps, qui ont déjà, en choisissant cette méthode, rompu avec une tradition classique, fausse et nuisible, je voudrais leur dire que leur excellente technique ne doit pas être l'aboutissement de leurs recherches, mais le début. À eux de retrouver leur audace, d'oser aller plus loin encore, de chercher à voir ce qui est le plus difficile à voir : eux-mêmes.

5

En France actuellement, il y a d'innombrables « voyages organisés » pour ceux qui désirent partir à la recherche d'eux-mêmes ou élargir leurs horizons professionnels. Chaque école de psychanalyse est représentée par un nombre considérable de praticiens ; il existe des dizaines de centres où l'on pratique une variété toujours croissante de thérapies psychocorporelles en groupe ou en séance individuelle. Chaque saison apporte de nouveaux livres sur de nouvelles méthodes pour se trouver, résoudre ou dissoudre ses problèmes. De nombreux praticiens de ces méthodes que je ne connaissais pas auparavant se sont intéressés à mon travail et ont pris contact avec moi, et moi j'ai eu l'occasion d'apprendre quelque chose de leur travail à travers leurs écrits ou en faisant l'expérience moi-même.

J'ai fait ces efforts parce que beaucoup de ceux que je soigne ont l'expérience d'autres thérapies, m'en ont parlé et cherchent à faire le lien entre le travail qu'ils font chez moi et celui qu'ils font ou ont fait ailleurs. Je les ai faits aussi parce que, ayant déjà la pratique de la méthode Mézières, je savais bien que j'avais les bases d'une thérapie globale, mais qu'il fallait que j'aille plus loin. En fait, j'ai poursuivi mes recherches pour une raison toute simple, peut-être la seule valable pour faire quoi que ce soit : par amour de la vérité et par désir de savoir, si possible, toute la vérité.

Dans ce chapitre, je ne prétends pas faire un catalogue de toutes les thérapies existantes. Je parlerai brièvement de certaines d'entre elles qui m'intéressent parce que, directement ou indirectement, pour des raisons positives ou négatives, elles m'ont permis de mieux comprendre la direction que mon propre travail pouvait prendre.

Au risque de surprendre et même de désemparer certains lecteurs de mon premier livre qui décrivait un travail qui privilégie la sensation et où la parole n'a qu'un rôle occasionnel, je voudrais commencer à décrire mes recherches en dehors des thérapies corporelles en parlant de la psychanalyse et, en particulier, de ma psychanalyse. Prévoyant certaines réactions, je réponds que le fait d'avoir entrepris cette recherche ne trahit pas et ne dévalorise pas le travail corporel que je ne renie nullement. Bien au contraire. Depuis mon aventure psychanalytique, les possibilités de mon travail me semblent plus grandes et plus réalisables.

Je me suis engagée dans une analyse non pas avec un thérapeute reichien, mais avec une praticienne particulièrement rigoureuse de l'École freudienne de Paris. J'ai opté pour une méthode qui est, de maintes manières, tout le contraire de celle que je pratique moi-même. Aventure pour aventure, il me semblait plus intéressant de me lancer dans celle qui m'était la plus étrangère. Mais pourquoi une analyse ? Pour plusieurs raisons dont celle-ci, professionnelle : étant donné qu'il y a tant d'analystes, d'analysants et d'analysés parmi mes patients et ceux qui participent à mes groupes, je ne pouvais plus me permettre de ne pas faire l'expérience moi-même. Parmi mes raisons personnelles, il y avait celle-ci : des milliers et des milliers de demandes de secours et de conseils qui me sont parvenues après la parution du livre, et ma participation à certaines émissions de radio et de télévision m'ont obligée à me poser beaucoup de questions sur la personne à qui ces demandes étaient adressées. La confusion entre le personnage fictif et la personne réelle ressentie par mes interlocuteurs me laissait, moi aussi, dans un certain désordre, aggravé par le fait de ne pas avoir écrit ce livre sans aide. Non seulement il y avait un « je » réel et un « je » fictif entre lesquels il était difficile de trancher, mais ce « je » était double aussi du fait d'avoir été dit par deux voix, la mienne et celle de ma collaboratrice. Plus qu'à aucun autre moment de ma vie, trouver ma vérité profonde me semblait un défi auquel je devais faire face. (Une de mes premières tentatives pour « me trouver » fut de m'abstenir de teindre mes cheveux dont la couleur naturelle s'avérait, à mon grand étonnement, blanche. Depuis, je suis redevenue blonde et je fais un autre livre à double signature parce que j'ai appris que l'essentiel n'est pas seulement d'affronter sa vérité, mais de composer avec elle.) Mais revenons à cette confusion qui précédait mon entrée en analyse. Puisqu'elle venait des mots, soit ceux que j'avais écrits, soit ceux de Carol, soit ceux du courrier, j'ai décidé d'essayer de la dissiper par le biais des mots.

Et en analyse effectivement ne comptent que les mots. Le tout est de tout dire, sans censurer, sans « arranger ». Pour l'analyste, mon corps n'existait que dans la mesure où je pouvais le parler. Couchée sur le divan, je ne pouvais la voir et elle, dans son fauteuil derrière moi, ne me regardait pas. Quant à la toucher ou être touchée par elle, hors de question. Cela aurait constitué un « acting out » strictement interdit dans les règles du jeu. Des mots, rien que des mots. Interdit aussi tout rapport « personnel » avec l'analyste qui ne doit être que ce que l'analysant fait de lui. Du transfert, rien que du transfert. Pour moi qui avais décidé de me taire aussitôt après avoir appris à parler, qui avais les mots dans les mains et non pas dans la bouche, qui avais choisi une profession qui pouvait se pratiquer dans le silence, qui accordais une place capitale au « savoir voir », qui connaissais l'importance du regard et la valeur curative de la chaleur humaine, être réduite à une voix, disons à une émission vocale, et être face (plutôt dos) à un silence censé être thérapeutique, mais qui me semblait parfois obstiné et excessif, était une expérience tout à fait nouvelle.

Cette expérience m'a obligée à me poser une multitude de questions sur moi-même, sur le rôle du psychanalyste et sur celui de tout thérapeute. J'en parlerai plus tard. Pour le moment je voudrais dire ce que j'ai trouvé d'indiscutablement heureux dans l'analyse. Ce mot « heureux », je ne l'ai pas choisi à la légère. Ce fut pour moi un réel bonheur de faire les connexions entre les situations de ma vie qui me semblaient auparavant contradictoires, disparates et insaisissables. Devenir témoin de ma propre cohérence, entendre à travers mon propre récit une autre histoire, structurée et inévitable, reconnaître le dessein qui sous-tend toutes mes histoires passées et toutes mes actions présentes, c'est dans cette aventure-là, pourtant douloureuse et parfois terrifiante, que j'ai trouvé un réel bonheur. Ce bonheur était celui des retrouvailles et celle que j'ai retrouvée n'était autre, bien sûr, que moi-même. Pourquoi retrouvailles plutôt que trouvailles ?

Parce que je n'ai découvert que ce que je savais déjà… mais ne savais pas que je savais. C'est-à-dire que mon savoir inconscient est devenu conscient. J'ai pu rendre à ma conscience ce qui avait été à elle et, refoulé, occulté, oublié, ne l'était plus.

Mais comment une telle opération a-t-elle pu s'effectuer ? Comment ai-je pu entendre une histoire autre que celle que, séance après séance, je racontais ? Comment ai-je pu entendre une histoire autre à travers les mots parfois sans cohérence évidente, sans valeur anecdotique, à travers des bribes de rêves, des lapsus, des « échappées » inattendues et « inentendues » ? J'ai pu entendre parce que je parlais à haute voix et parce que j'étais écoutée, et cela d'une manière particulière.

Celle qui m'écoutait était attentive aux mots plus encore qu'à l'histoire qu'ils décrivaient, aux mots que je prononçais sans me rendre compte de leur portée, à l'au-delà et à l'en-deçà de mes mots : elle écoutait ce que je disais sans le savoir et elle écoutait ce que je ne disais pas. C'est son écoute qui a aidé la mienne à trouver son acuité, ses autres possibilités. Son écoute et ses interventions orales que j'ai trouvées souvent trop brèves, trop elliptiques. Pourquoi ? Parce que après avoir passé plus d'un an à écouter ma voix à moi et ses silences à elle, j'ai trouvé qu'il était temps de commencer à formuler cette autre histoire, à en tirer des conclusions. Dans une certaine mesure je pouvais le faire seule, mais je m'attendais à être aidée dans cette tâche nouvelle pour moi, habituelle pour elle.

Au lieu de me livrer ses conclusions, cependant, cette analyste fidèle à sa rigoureuse méthode ne lâchait que quelques mots ou, les grands jours, une phrase entière : une phrase qui n'était jamais une conclusion, mais une énigme exprimée, comme une énigme se doit, dans un langage sinon hermétique, du moins ambigu. Je me demandais si j'étais venue consulter une psychanalyste ou un oracle. Frustrée, frappée de nouveau de silence, j'avais envie de donner des coups de pied, de me lever, de partir en claquant la porte. Mais en bonne analysante et en thérapeute désireuse de participer pleinement à une méthode étrangère, je me suis contentée de dire mes coups de pied, ma sortie, la porte claquée... tout en me posant des questions sur la non-directivité et la psychanalyse qui en est la technique par excellence. N'y aurait-il pas quelque chose de tyrannique, d'écrasant, d'intimidant pour le moins dans le silence du thérapeute ? Je me suis trouvée aux prises avec les difficultés de ceux – dans mes groupes – que je renvoie à eux-mêmes quand ils me demandent où ils vont, si ils vont, ce qu'ils sentent. Mais si, eux, peuvent, et je le crois, avoir la certitude de leurs sensations, il est difficile d'être certain des conclusions verbalisées que l'on fait seul parce que les mots et les possibilités de leur vouloir-dire et de leur pouvoir-dire sont infinis.

Mon propos ici n'est pas de raconter les détails de ma psychanalyse, mais je voudrais parler d'une découverte que j'ai faite, mes mots, mon écoute, mon analyste et mon corps aidant. J'ai appris que mes jambes étaient organisées pour courir vite, que mon énergie était concentrée dans mes jambes, leur permettant d'être toujours prêtes à détaler. On peut évidemment se demander si un thérapeute corporel avait vraiment besoin de faire une analyse pour comprendre ses jambes...

Puisque je n'ai jamais senti de blocage énergétique dans la partie inférieure de mon corps, puisque j'ai toujours eu du plaisir à marcher, à courir, à danser, je n'étais pas amenée à poser des questions « à mes jambes ». Si j'y pensais, c'était plutôt pour me dire que j'avais de la chance d'avoir des jambes sans problèmes. Sans cette psychanalyse donc, je n'aurais pas découvert leur « vérité ». Mais en parlant, à travers les mots qui provoquaient des sensations dans mes jambes, justement, à travers le récit de mes fantasmes enfantins, à travers mes rêves où la fuite était un thème à récurrence, j'ai compris que j'avais les jambes musculairement organisées pour courir non pas par chance ou par hérédité, mais par nécessité. Enfant, il avait été impératif pour moi – une question de survie – de me savoir prête à partir dès que l'occasion se présenterait. Et c'est exactement ce que j'ai fait.

Pour d'autres, cependant, être organisé pour le départ et en éprouver le besoin ne veut pas dire qu'ils peuvent réussir leur départ. En fait, cette organisation musculaire rend les entraves au départ plus douloureuses encore. Si l'enfant est enfermé dans une situation qu'il ne peut quitter, et c'est pour ainsi dire le propre de l'enfant, s'il n'envisage même pas qu'il pourra la quitter réellement, physiquement, l'organisation musculaire qui rendrait son départ possible se dévie, se paralyse, stagne. Aussi, toute sa vie l'enfant restera avec la sensation et le sentiment, peut-être indicible, d'être restreint, d'être le témoin forcé de scènes auxquelles il ne désire pas assister. Sa vraie vie, il la sentira ailleurs, mais il est probable qu'il n'aura plus de jambes pour aller vers cet ailleurs et qu'il finira par « oublier » ou par nier jusqu'à son envie d'y aller. Inhibé dans ces mouvements, incapable de partir ou même de lutter contre les forces qui le restreignent, il pourrait souffrir non seulement au niveau de ses jambes, mais dans son corps tout entier. D'après les expériences faites par le biologiste Henri Laborit, l'inhibition de l'action est à l'origine d'un grand nombre de maladies – hypertension, ulcères gastriques, infarctus du myocarde – et d'un blocage du système immunitaire. J'inclus ces petits éclaircissements personnels parce que je crois que d'innombrables enfants et anciens enfants souffrent de leur immobilité dans tous les sens du mot. J'en parle aussi pour dire que c'est parfois du mot, justement, que vient la sensation et qu'il faut parfois laisser « bouger » ses mots dans tous les sens avant que son corps ne le puisse.

Il ne manque pas de personnes pour critiquer la psychanalyse, particulièrement à cette époque où les techniques psychocorporelles de tous ordres prolifèrent. Mais il n'est souvent que trop facile de les discréditer. Je voudrais parler ici des dissidences que je considère comme fructueuses de Frederick (Fritz) Perls et de sa gestalt thérapie : une des plus riches que j'aie rencontrées dans ma recherche d'une thérapie globale.

Fritz Perls était un psychanalyste allemand formé par des élèves de Freud et influencé par les travaux de Reich. Il a pratiqué pendant plusieurs années la psychanalyse freudienne avant de l'abandonner. Comme beaucoup, il l'accuse d'être trop longue, trop coûteuse, de favoriser la dépendance et l'infantilisme de l'analysant, de rester dans les abstractions, d'ériger en dogmes des thèses improuvables, de ne pas tenir compte de la réalité corporelle. Il va jusqu'à la traiter de « foutaise » tout en reconnaissant l'immense valeur de certains concepts de Freud. (Il conteste hardiment, mais avec moins de véhémence, me semble-t-il, le travail de Reich.)

Dans sa gestalt thérapie, Perls rejette le transfert et propose l'« acting out » en situation devant le thérapeute et les membres d'un groupe qui sont libres de commenter le comportement du sujet. Il remplace la non-directivité par une technique de frustration où le thérapeute oblige le patient à affronter le conflit, à « mettre le nez dedans ». Perls n'attend pas que le patient dise son corps, mais lui fait remarquer, parfois brutalement, sa façon de se tenir, son langage corporel. Au terme de « névrose », il préfère « désordre de croissance ». Il n'accorde pas d'importance à l'inconscient et proclame que le tout est de regarder ce qui est évident, ce qui est à l'extrême surface. « Le névrosé est la personne qui ne voit pas l'évidence [1]. » Quant à la libre association de mots et d'idées, il la traite de « dissociations schizophréniques pour éviter l'expérience ». Pour lui, le passé n'existe pas davantage que l'avenir : la seule réalité est « ici et maintenant » et le plus difficile est d'y vivre. Pas question, bien sûr, de s'allonger sur un divan chez Perls ; il se sert plutôt de ce qu'il appelle le « hot seat », traduisible par siège brûlant ou chaise qui chauffe ou chaise inconfortable et qui est, en fait, une chaise ordinaire sur laquelle le patient s'assoit ou fait asseoir des personnages ou objets imaginaires qu'il fait parler et avec lesquels il dialogue. Moins facile à traduire est le terme gestalt qui, en allemand, veut dire forme ou structure, mais dans le contexte de la thérapie de Perls est peut-être mieux défini comme situation achevée.

Et voilà que nous sommes au cœur du concept de Perls qui maintient que nous souffrons toujours des

1. F. Perls, *Rêves et existence en gestalt thérapie*, Paris, EPI, 1972, p. 37.

mêmes situations inachevées, restées ainsi depuis notre adolescence, notre enfance, notre naissance, parfois. N'ayant jamais pu vivre ces situations jusqu'au bout et les accepter, nous sommes condamnés à les répéter à l'infini. Ainsi nous comportons-nous toujours de la même manière. Nous sommes toujours arrêtés devant les mêmes peurs, les mêmes impossibilités d'action et de réaction. Nous voyons toujours la même chose, c'est-à-dire un seul aspect des images et des situations qui en ont plusieurs. Fixés dans le passé (qui n'a pourtant aucune réalité selon Perls), arrêtés dans notre processus de maturation par les situations inachevées, nous ne pouvons voir l'ici et maintenant. Nous n'avons qu'une très faible perception de nous-même comme vivant dans le présent, de nos sensations du moment même. (Certains s'échappent du présent en se tournant vers l'avenir, ce qui leur donne de l'anxiété qui n'est autre que le fossé entre le maintenant et l'après.)

Comment fait Perls pour aider ses patients à prendre conscience des limitations de leur conscience d'eux-mêmes et du monde extérieur tels qu'ils sont ici et maintenant ? Comment fait-il pour faire prendre conscience de la situation inachevée dans laquelle le patient est enfermé et l'aider à l'achever, c'est-à-dire à en faire une gestalt ?

Perls propose de nombreux exercices qui semblent être la simplicité même jusqu'à ce qu'on s'y mette. Il vous demande, par exemple, de formuler autant de phrases que possible pour décrire ce dont vous avez conscience à l'instant même. Chaque phrase doit commencer par les mots « maintenant » ou « ici et maintenant » et être dite, bien sûr, au temps présent. Par la suite, vous devez vous demander pourquoi vous avez terminé l'expérience à un moment précis. Qu'est-ce qui s'est passé juste avant que vous vous arrêtiez ? Étiez-vous fatigué ? Étiez-vous vraiment arrivé à la fin des choses dont vous, vous aviez conscience ? Est-ce que vos phrases décrivaient vraiment vos perceptions de l'instant, ou avez-vous formulé des phrases comme : « Maintenant j'ai vu mon ami hier », ou : « Maintenant je verrai mon ami demain » ? Est-ce que vous avez un peu honte de la banalité de vos phrases qui étaient peut-être dans le genre : « Maintenant mon nez me démange » ? Croyez-vous peut-être que seulement des moments exceptionnels valent la peine d'être vécus, admis ?

(Je me demande comment cet exercice serait fait par cette femme qui venait régulièrement de province se faire soigner chez moi, et que, une fois, j'ai dû faire attendre longtemps. Dès qu'elle m'a vue apparaître, elle s'est précipitée vers la porte de sortie.

– Vous avez vingt-neuf minutes de retard.

Je me suis excusée, mais elle ne m'a pas laissée finir.

« J'ai un train à prendre.

– Mais il nous reste une heure pour travailler.

– Une heure ne suffit pas. Vos séances durent une heure et demie.

Je lui ai expliqué que nous pouvions certainement faire du bon travail en une heure.

« J'ai besoin d'une heure et demie.

– Vous êtes venue à Paris pour me voir et maintenant vous préférez passer l'heure qui suit à la gare à attendre votre train ?

Perplexe mais obstinée, elle a répondu : « J'ai un déjeuner demain », comme si cela expliquait tout, et elle est partie.)

Pour aider ses patients à prendre conscience d'autre chose que ce qu'ils ont l'habitude de percevoir, Perls leur demande d'imaginer une situation, un objet ou une activité à l'envers, comme étant exactement le contraire de ce qu'ils semblent être, et cela sans les juger, sans se soucier s'ils sont sensés ou ridicules, possibles ou impossibles. Regardez la lune, par exemple, et imaginez que c'est elle qui vous regarde. Accrochez un tableau le haut en bas sur votre mur et regardez-le. Imaginez qu'un homme qui marche devant vous recule... comme sur un film qu'on fait tourner à l'envers. De tels exercices mentaux peuvent sembler sans intérêt. Mais pour Perls ils marquent le début d'une nouvelle possibilité de comprendre ses émotions, les situations de sa vie qui sont souvent le contraire de ce que l'on croit. Et si l'amour que vous avez pour quelqu'un était en réalité votre besoin d'être aimé ? Et si votre confiance en vous était en réalité une insécurité profonde ? Et si vous posiez des questions non pas pour avoir la réponse mais parce que vous avez la réponse ? Ces exercices m'ont fait penser à mes nombreux patients qui se plaignent de se sentir faibles et qui souffrent en fait d'un excès de force, qui se croient victimes des autres et des circonstances et qui sont leur propre bourreau...

Ce que j'ai trouvé le plus intéressant dans les écrits de Perls est son travail sur les rêves. Plutôt que de les interpréter à la manière freudienne (un jeu trop souvent intellectuel, d'après Perls), il propose de considérer chaque élément du rêve comme une expression du rêveur lui-même. Si vous rêvez, par exemple, que vous marchez sur un sentier et qu'un loup blessé surgit du bois et tourne en rond autour de vous, marquant son passage de gouttes de sang, Perls vous suggérerait que vous êtes non seulement le personnage du rêve que vous reconnaissez comme étant vous, mais aussi le sentier, le bois, le loup, le sang et le cercle rouge dans lequel vous êtes arrêté. Il vous demanderait d'asseoir dans le « hot seat » tour à tour « vous », le loup, le sang, le sentier, etc., et de les faire parler en vous servant exclusivement du « je » et du verbe au présent et en commençant chaque phrase par « ici » ou « maintenant ». Par la suite vous faites dialoguer deux éléments de votre rêve : situation qui mène inévitablement à une bagarre verbale car c'est toujours d'un conflit à l'intérieur de vous-même qu'il s'agit. Le tout se passerait sous la direction implacable de Perls qui vous forcerait à confronter ce que vous teniez jusque-là à éviter. De ce genre d'expérience résultent des rencontres dramatiques avec tous les aspects de soi-même, un face-à-face avec l'expérience refoulée, avec le passé qui devient le présent, c'est-à-dire une réalité vivante.

Si la gestalt tient compte du corps et attire l'attention sur vos attitudes corporelles, elle ne propose pas, que je sache, des mouvements particuliers. Mais Ida Rolf enseignait à Esalen (la Mecque des thérapies psychocorporelles, à Big Sur en Californie) en même temps que Perls et il recommandait à ses patients de se faire soigner par elle en complément de sa thérapie.

Ce que je sais de la gestalt thérapie, je l'ai appris à travers les écrits de Perls dont certains ouvrages sont traduits en français (voir bibliographie). J'aurais aimé en faire l'expérience réelle et j'ai invité des thérapeutes qui pratiquent cette méthode à travailler avec moi et mes collègues. Mais jusqu'à maintenant je n'ai trouvé personne à Paris qui se donne totalement à cet art-là. (Je veux bien croire qu'il faut un courage rare, une expérience exceptionnelle et une « forte personnalité » comme celle de Perls pour être un « frustrateur » à la fois acharné et sensible.) Ceux qui sont venus faisaient un peu de tout : un brin de gestalt, un brin de bio-énergie, un brin d'analyse transactionnelle, un brin de cri primal, un brin de je ne sais plus quoi : bouquet hétéroclite aux parfums nombreux et confus correspondant aux goûts du jour. Ces praticiens dont on peut lire les appels publicitaires dans les journaux proposent souvent des week-ends et « ateliers » à court terme où tout un chacun peut avoir l'occasion de « s'éclater », de faire une brèche dans sa cuirasse : mini-activité maudite par Perls et par quiconque visant les profondeurs. Passer votre week-end à pousser des cris, à attraper des sueurs froides, à trembler de vieilles peurs, à frôler « la révélation » peut vous aider à retrouver momentanément un aspect de l'enfant que vous étiez (sous la surveillance de thérapeutes compréhensifs et encourageants : parents idéaux). Mais le lundi venu, combien se retrouvent plus seuls et, leur armure fêlée, plus vulnérables que jamais, terrifiés comme des enfants abandonnés ? Ces échantillons émotionnels ne doivent pas être distribués à tort et à travers. Au mieux, ils n'aboutissent à rien. Mais il y aura toujours ceux qui, de week-end en week-end, en collectionneront assez pour faire un patchwork, forcément décousu, qu'ils prendront pour leur vérité profonde.

Si Perls se contente d'un « siège brûlant », le Dr Alexander Lowen, père de la bio-énergie, utilise dans sa thérapie un ameublement plus varié : matelas de mousse, coussins, chaises, escabeaux de cuisine, même une raquette de tennis deviennent des accessoires pour provoquer chez le patient un état de stress physique extrême. Mais le stress, maudit mot clef de notre époque, ne chercherait-on pas plutôt à l'éviter ou à le réduire ? Pas chez le Dr Lowen et sa horde de disciples internationaux, qui poussent leurs patients au-delà des limites de leur résistance physique dans le but de déclencher une « décharge émotionnelle » jusqu'alors contenue. Ainsi le patient est-il exhorté à donner de violents coups de pied et de poing dans des coussins, à se frapper le corps contre un matelas ou à battre celui-ci avec une raquette de tennis, à se pencher en arrière par-dessus un escabeau ou un tabouret qui lui casse les reins pour faire sortir sa peur, sa haine, les sanglots de désespoir enfermés dans son corps et qui le déforment.

Les épreuves physiques de la bio-énergie, thérapie violente, violatrice, sont accompagnées (en principe) d'une analyse verbale. Thérapie psychocorporelle donc, et probablement la mieux connue (de nom, en tout cas), d'inspiration reichienne, elle part du principe que chez l'être humain il y a six types fondamentaux de caractères, chacun avec ses structures corporelles.

D'après Lowen, vous pouvez avoir un caractère « principalement » oral, masochiste, hystérique, phallique-narcissique, passif-féminin, schizophrénique ou schizoïde. Si vous êtes plutôt « oral », par exemple, votre comportement sera ainsi caractérisé : refus d'une réalité défavorable, attente de ce que le monde reconnaisse et satisfasse vos besoins sans que vous ayez à les annoncer ou à faire effort pour les satisfaire vous-même, dépendance à ceux que vous aimez, crainte de les perdre ou d'être rejeté par eux et hypersensibilité à la froideur de votre partenaire. Vous êtes irritable, avec des sautes d'humeur, et vous avez tendance à la dépression dès que vous êtes contrarié. Mais vous êtes dans l'incapacité d'exprimer violemment votre rage. Le monde extérieur vous intéresse bien que vous ayez peur de l'affronter. Vous avez une certaine facilité à vous exprimer avec brio et, bien sûr, une tendance à soulager votre détresse en mangeant (tout comme votre dépendance est un besoin de « vous nourrir » de l'autre). Si vous avez un caractère à prédominance orale, c'est que vous avez souffert dans les premiers mois de votre vie d'une privation grave.

Physiquement, l'« oral » se fatigue facilement, n'aime pas étirer les bras pour atteindre quelque chose, se plaint de faiblesses dans les jambes et les pieds (le poids du corps repose sur les talons) et n'a pas de contact large et stable avec le sol. « Dans les nuages », où il se souhaite « hors d'atteinte », il souffre de la peur de tomber. Son énergie bloquée ne circule pas à travers son corps mais se centre dans sa tête, sa bouche. Une partie importante de la thérapie bio-énergétique pour la personne à caractère oral consisterait à l'aider à avoir les pieds par terre, au sens littéral, à accepter la réalité et à oser l'affronter : c'est-à-dire à reconnaître sa dépendance non pas de sa mère à lui, mais de notre mère à tous : la terre.

Les classifications strictes et simplistes sont toujours contestables, bien sûr. Cela ne sert ni au thérapeute ni au patient de pouvoir classer et d'être classé (tâche pourtant considérée comme essentielle et comme fin en soi par les praticiens classiques). Mais il est incontestable que certaines intuitions et observations de Lowen sont justes. Ainsi sa systématisation de la cohérence entre le caractère et le corps peut aider parfois un thérapeute (quelle que soit la méthode qu'il utilise) à mieux voir son patient et à mieux l'écouter. Toutefois le thérapeute ne doit jamais oublier que le but de toute thérapie est l'élimination des modes typiques de comportement, des stéréotypes. « La santé, dit Lowen, et je suis bien d'accord, est un état fluide [1]. » La souplesse et la spontanéité en sont les caractéristiques. L'être sain, comme l'être libre, est celui qui a le choix.

Ce que je dois absolument contester chez Lowen est (encore une fois) sa méconnaissance de l'anatomie, et les extravagants et dangereux exercices physiques qui en découlent. Lowen parle de la tension du ventre comme étant responsable du « bedon », des contractures nuisibles du devant des cuisses, de la colonne vertébrale trop molle (!). C'est du non-sens, une sorte de verlan anatomique, des concepts à l'envers. Si une partie du devant du corps est tendue, c'est parce que la partie correspondante de l'arrière du corps est plus tendue encore : il ne peut en être autrement.

Pour provoquer la mise en tension extrême du devant du corps, Lowen fait s'étirer ses patients brutalement en arrière, aggravant aussi les tensions postérieures qui sont déjà forcément les plus graves. Les patients tremblent, suent à grosses gouttes, s'étranglent, hurlent leur douleur psychique et certainement aussi leur douleur lombaire. Mais de telles tortures sont-elles vraiment nécessaires ?

Je ne crois pas qu'il faille déformer un corps davantage pour qu'il aille mieux par la suite. (D'ailleurs, je ne crois pas qu'il aille mieux par la suite ou qu'il ait une meilleure sensibilité. Au contraire. D'après mes observations et celles de certains de mes collègues, ceux qui ont « fait de la bio » semblent particulièrement dépourvus de conscience corporelle ; ils ne sem-

1. A. Lowen, *Le Langage du corps*, Paris, Tchou, 1977, p. 130.

blent pas pouvoir reconnaître leur corps comme structure homogène.) Je ne crois pas qu'il soit impératif d'ajouter des tensions à celles qui existent. Je crois qu'il est largement suffisant de faire prendre conscience des tensions présentes et cela à chaque instant. Il suffit, comme le font ceux qui pratiquent à fond la méthode Mézières, de mettre le patient dans une position où il ne peut plus ignorer ses tensions, où il ne peut pas s'échapper à travers des compensations musculaires, pour provoquer – sans accessoires, sans mise en scène, sans cinéma – l'état de stress recherché en bio-énergie… et cela d'une façon rigoureuse, ordonnée, contrôlable. S'il manque aux méziéristes des concepts et des capacités analytiques, il manque aux bio-énergéticiens une claire vision des formes et des déformations du corps.

Les végéto-thérapeutes se disent les seuls fils légitimes de Reich. Leur technique psychocorporelle associe une analyse verbale aux exercices qui agissent sur les sept anneaux reichiens, c'est-à-dire sur les parties « cuirassées » du corps où l'énergie, au lieu de circuler librement, se bloque, entravant l'expressivité, les possibilités de mouvement. D'après Reich, ce blocage doit être levé au niveau des yeux (en suivant l'anneau, on y trouve les oreilles aussi), aux niveaux de la bouche (l'anneau oral comprend aussi la gorge et les mâchoires), du cou et de la ceinture scapulaire, du thorax, du diaphragme, de l'abdomen et du pelvis.

Les végéto-thérapeutes considèrent que nous souffrons tous de chocs insurmontés et donc de blocages énergétiques survenus au stade préverbal. Leur travail consiste à faire revivre et à faire exprimer à voix haute les expériences traumatisantes qui ont eu lieu avant que nous puissions manifester notre détresse autrement que par notre corps. J'ai vu travailler Federico Navarro, un neuropsychiatre napolitain qui pratique la végéto-thérapie à Paris, à plusieurs reprises et j'ai fait moi-même quelques séances avec lui. Voici comment il procède.

Systématiquement. Il commence toujours par le premier anneau, celui des yeux, et ne continue pas vers le deuxième tant que la cuirasse oculaire n'est pas dissoute, et ainsi de suite. À partir de la supposition que le premier mouvement important que le nouveau-né fait avec les yeux est de regarder tour à tour le visage de sa mère et le sein où il se nourrit, Navarro invite son patient, couché à plat dos sur un divan ou un lit, à imiter ce mouvement en regardant alternativement un point fixe sur le plafond et le bout de son propre nez. Cet exercice dure un bon quart d'heure. Ainsi décrit, il semble anodin et même mortellement ennuyeux. Mais dans presque tous les cas, il déclenche, chez ceux qui le font, des crises de larmes, d'angoisse et de désolation pendant lesquelles ils redeviennent des enfants dépendants et vulnérables, horrifiés d'être sevrés de leur mère, d'être des individus à part entière, d'être seuls au monde. Ceux qui souffrent le plus douloureusement du blocage énergétique au niveau des yeux sont souvent myopes ou astigmates, ou bien ils ont les yeux fixes, inexpressifs, le front immobile, l'air « ailleurs ».

Un autre exercice, qui semble plus anodin encore, « s'attaque » au niveau oral. Le patient, toujours couché à plat dos, garde la bouche grande ouverte pendant quinze ou vingt minutes. Que peut faire un tel exercice sinon dessécher la bouche, donner soif ? Pour ceux qui avaient pris l'habitude de garder les lèvres pincées, le menton rigide, il peut provoquer des vomissements, des cris, ou déclencher un mouvement automatique de succion. Il peut faire revivre, comme ce fut le cas d'un de mes collaborateurs, une effrayante expérience « oubliée » : celle de l'ablation des amygdales, avec hurlements et résistances du corps entier à l'appui.

Mais à quoi bon revivre ses traumatismes originels, libérer ses répressions archaïques ? Se guérit-on de sa naissance, de sa petite enfance ? Navarro, avec un fond de tristesse sous sa bonhomie napolitaine, se garde bien de promettre la guérison de quoi que ce soit. Pour lui, on ne peut espérer que « gérer sa névrose ». Son espoir, il le reporte sur les enfants qui naîtront dans cent ou deux cents ans, quand le travail que lui et ses collègues sont actuellement en train de faire portera ses fruits : des nouveau-nés ne connaîtront pas les mêmes souffrances parce qu'ils seront nés de mères préparées à les recevoir. Ainsi les végéto-thérapeutes travaillent en clinique et en séances individuelles avec les femmes enceintes, leur faisant connaître leurs propres blocages et les préparant à l'accouchement qui devrait se faire selon la méthode de Frédérick Leboyer. Un petit pas pour la femme, mais un grand pas, espère Navarro, pour l'humanité.

Cette préoccupation concernant la toute première partie de la vie est à la base de la technique élaborée par Leonard Orr, un autodidacte américain qui a inventé le « rebirthing » (re-naissance). Ayant conclu que les circonstances de notre naissance déterminent notre comportement à travers toute la vie et notre « philosophie » de vie, il propose à ses sujets de revivre cette expérience.

Orr part de l'idée que la souffrance de l'enfant qui naît lui fait croire qu'il va mourir plutôt que vivre. L'être qui quitte sa vie paradisiaque de fœtus pour traverser avec mille peines et paniques la porte trop étroite du col de l'utérus, qui est projeté dans la lumière aveuglante et dans l'air puant et empoisonné, deviendra un adulte défaitiste. Il croira que la vie l'écrase, qu'il n'arrivera jamais à faire un effort suffisant pour s'en sortir. Il ne pourra imaginer qu'il puisse réussir, sinon au prix d'une terrible souffrance ; il n'osera pas respirer par peur que ses poumons ne soient écorchés, il n'osera pas avancer dans la vie par peur de tomber dans les mains ennemies, plus fortes que lui. Des sensations qui accompagnaient sa naissance et qu'il a enregistrées dans sa mémoire musculaire et nerveuse, il fera des idées négatives qu'il essaiera toute sa vie de confirmer par l'expérience. Le but du « rebirthing » est donc de vous faire revivre votre naissance et surtout de vous montrer que vous n'en êtes pas mort. Ayant survécu à ce premier traumatisme, celui où effectivement votre vie était en jeu, vous n'avez plus rien à craindre sinon vos idées négatives qui, elles, après tout, ne sont pas fondées.

Résumé ainsi, le rebirthing paraît assez séduisant et simple. Mais comment renaît-on ? Je vous donne l'explication théorique d'abord, parce que l'expérience réelle à laquelle j'ai assisté était un échec flagrant, et que je ne voudrais pas jeter le bébé avec l'eau du bain.

On renaît à travers une dizaine de séances, avec l'aide d'un « rebirtheur » qui s'allonge à côté de vous dans la pénombre et vous aide de la voix et des mains à respirer profondément, par la bouche et, idéalement, par toutes les parties du corps. Cette « hyperventilation » qui, en principe, apporte de l'oxygène aux endroits du corps figés depuis la peur mortelle vécue à la naissance déclenche une variété de réactions physiologiques et neurologiques (du fait aussi de la perte d'une quantité inaccoutumée de dioxyde de carbone), et fait resurgir des souvenirs. Il arrive qu'une personne qui a pris l'habitude de se réfugier dans le sommeil devant des situations intolérables se rappelle qu'elle est née sous anesthésie. Une autre, accablée par des maux de tête et qui demande constamment aux autres « un coup de main », se rappelle être née avec les forceps. Le comportement de chacun serait donc en rapport avec le premier traumatisme que fut sa naissance.

Avant de parler de la seule démonstration de « rebirthing » que j'ai vue, je voudrais dire très clairement que je ne cherche pas à dévaloriser cette technique qui, au contraire, m'intéresse. La thérapeute en question, peu expérimentée je dois le dire, avait des défauts impardonnables et courants chez ceux qui pratiquent quelque méthode que ce soit où l'on touche le corps et où l'on recherche des réactions spectaculaires. Si elle faisait de la végéto-thérapie ou de la bio-énergie, par exemple, elle les ferait tout aussi mal, non pas à cause des limitations de ces méthodes, mais à cause des siennes propres.

La rebirtheuse que mes collègues et moi avions invitée à nous montrer son travail est arrivée avec la future nouvelle-née, une femme d'une quarantaine d'années, douce, effacée, psychologue de son état. Nous nous sommes enfermés dans une petite pièce, assis par terre autour d'un mince matelas sur lequel la psychologue se coucha à plat dos. Puis la rebirtheuse s'allongea sur le côté, parallèle à son sujet, ne laissant aucun espace entre elles, se collant à elle, se penchant sur elle. Mes collègues et moi étions mal à l'aise, le sujet semblait plutôt gêné, la rebirtheuse poussait un énorme soupir de satisfaction.

Par la suite, elle encouragea son sujet à respirer profondément, ou vite ou lentement, en lui donnant l'exemple et en susurrant qu'il n'avait qu'à l'imiter. Pour l'aider à bien faire, elle lui appuya sur le menton pour l'obliger à ouvrir la bouche, lui tapota le sternum, lui fit des « guilis-guilis » (censés, j'imagine, être de savants massages) sur la gorge, sur les joues. Dès qu'il y avait la moindre réaction de la part du sujet – le début d'une respiration ventrale, un pâlissement de la peau, une crispation des doigts –, la rebirtheuse levait les yeux pour chercher notre regard et, d'un doigt triomphal, nous indiquait l'effet qu'elle avait obtenu, et qu'elle avait hâte que nous observions avant qu'il ne disparaisse. À la fin de la séance, elle s'excusa de ne pas avoir obtenu de réactions plus violentes : elle se demandait si ce n'était pas notre présence qui avait inhibé son sujet. Puis elle demanda au sujet ce qu'il avait senti.

– J'ai senti votre haleine sur mon visage, dans mon oreille, j'ai senti votre corps appuyé contre le mien, j'ai senti que vous aviez violé mon territoire, que vous étiez entrée dans ma bulle. Votre corps qui m'envahissait m'a empêchée de sentir le mien.

Je crains que les thérapies dites émotionnelles soient particulièrement aptes à attirer ce genre de thérapeute-vampire, qui a davantage besoin de ses patients que ses patients de lui. La recherche d'effets spectaculaires mène tout droit vers le cabotinage, vers le travestissement, si le rôle de thérapeute n'est pas tenu par une personne consciente de la pleine portée de son travail et de sa propre responsabilité.

Après la séance, j'ai parlé du rebirthing avec mes collègues et l'un d'eux posa une question qui mène, je crois, vers d'autres plus troublantes encore. « Si le sujet ne savait pas qu'il allait à une séance de renaissance, si on lui disait que c'était une séance de kinésithérapie, disons, ou même d'hyperventilation, est-ce qu'il revivrait sa naissance ? Ou est-ce qu'il aurait des réactions qui font resurgir, ou pas, des sensations refoulées depuis un autre moment de son existence ? » Je me demande aussi dans quelle mesure le fait de venir « faire de l'émotionnel » ne suscite pas à lui seul des émotions. Désireux de jouer selon les règles, de faire ce que son thérapeute attend de lui et ce que lui se sent en droit d'attendre de lui-même d'après ses informations sur la thérapie qu'il a choisie, le sujet ne subit-il pas une suggestion particulièrement traîtresse ? Que penser de ceux qui entreprennent une analyse freudienne et qui font des rêves où « l'œdipe » est en vedette, une analyse jungienne et qui font des rêves jungiens où résonne la conscience collective ? Où est notre vérité là-dedans, ou bien en avons-nous plusieurs ? L'important serait-il d'exprimer, de relâcher *quelque chose*... pour ne pas dire n'importe quoi ? L'important serait-il de frôler momentanément le fond pour pouvoir mieux supporter de barboter à la surface la plupart du temps ? Je ne peux pas admettre cela.

Mais je préférerais réserver pour le chapitre suivant les questions que je me suis posées à partir de mes investigations récentes, de mes rencontres, et de mon courrier. Avant de le commencer, je voudrais parler d'une autre découverte qui ouvre des possibilités, jusqu'alors irréalisables, d'entrer en contact avec soi-même : le biofeedback.

Biofeedback veut dire « rétroaction biologique », mais, pour comprendre ce que veut dire rétroaction biologique et comment elle peut vous servir, il faudrait que je décrive quelques concepts et faits concrets qui en sont la base.

En ce moment même, votre corps est en train d'effectuer des milliers d'opérations biologiques. Votre cœur bat, votre sang circule, votre peau s'ajuste à la température ambiante, vos muscles fournissent un énorme effort rien que pour tenir ce livre et pour vous tenir dans la position où vous êtes (même si vous ne bougez pas). Vous êtes en train de faire des milliers de choses que vous ne contrôlez pas, que, seul, vous ne pouvez pas mesurer et dont vous n'avez pas conscience. Pour recevoir des informations sur les actions involontaires que vous êtes en train d'effectuer à l'intérieur de vous-même, il faudrait que ces informations reviennent à vous depuis l'extérieur (qu'il y ait une rétroaction), qu'elles soient perceptibles par l'un ou l'autre de vos cinq sens et qu'elles puissent être enregistrées dans votre cerveau.

Par exemple, pour prendre conscience de l'action de votre cœur en ce moment, il faudrait que vous puissiez l'écouter au stéthoscope ou lire ses battements sur un électrocardiogramme ; pour prendre conscience de l'action de vos fibres musculaires, il faudrait que des électrodes soient fixées sur vous et que vous puissiez « lire » votre énergie dans les courbes informatiques. Si je vous dis que l'énergie qui circule actuellement dans votre corps suffit pour faire avancer un petit train électrique ou pour allumer une lampe, vous ne me croirez pas, et même si vous me croyez sur parole, vous n'aurez rien appris de vos possibilités énergétiques, vous ne pourrez pas vous en servir volontairement, et vous n'aurez aucune « prise » sur elles parce que vous n'en aurez pas fait l'expérience. Mais si, avec électrodes et machines à l'appui, vous voyez avancer le train ou s'allumer la lampe, vous aurez conscience de votre énergie qui circule sans que vous ayez à la mettre en marche, et – ceci est la raison d'être des techniques de biofeedback – vous apprendrez à la contrôler, à l'augmenter ou à la diminuer vous-même. Aujourd'hui dans les laboratoires universitaires et autres aux États-Unis, le biofeedback a une multitude d'applications. Il est couramment utilisé pour apprendre aux sujets à réduire leur tension artérielle, à régulariser leur rythme cardiaque, à prévoir et à éviter des crises d'asthme, à vaincre leur insomnie et à réduire leur tension musculaire.

Le biofeedback est donc un processus scientifique qui vous permet de vous informer de ce que vous faites « en dedans » par la réception d'informations que vous émettez vous-même et que vous recevez du dehors. Puisque votre corps apprend par l'expérience ou plutôt par la prise de conscience des changements qu'apporte votre expérience, le biofeedback ouvre de nouvelles possibilités de vous connaître et d'agir sur vous-même. Plus vous comprenez comment vous fonctionnez, plus vous pouvez faire l'expérience précise de vous-même et enregistrer cette expérience dans votre corps, plus vous aurez des possibilités de mieux fonctionner.

Que mes lecteurs, patients et amis ne s'affolent pas. Même si j'avais l'équipement et la maîtrise technique nécessaires, jamais je ne songerais à brancher sur les machines ceux qui viennent se faire soigner chez moi. Thérapeute et non pas technicienne, je recherche toujours la même chose dans mon travail : vous brancher sur vous-même. Je m'intéresse aux principes de base du biofeedback, science d'auto-enseignement, parce que mon travail aussi est destiné à vous permettre de vous renseigner sur vous-même, à vous faire prendre conscience des sensations, de la circulation d'énergie, des possibilités de mouvements inaperçues jusqu'alors. Le but ultime de mon travail est de vous faire faire l'apprentissage du bien-être, de vous faire connaître ce que c'est que d'*aller bien*, de se mouvoir sans entraves, d'être débarrassé de ses inhibitions à l'action, pour que cette nouvelle expérience entre dans votre mémoire corporelle et que vous puissiez vous y référer pour pouvoir, seul, rétablir votre équilibre.

Je pense à ceux, tellement nombreux, qui me disent qu'ils voudraient être « comme avant ». Mais leur « comme avant » est une illusion : ils n'allaient pas si bien que cela. Ils avaient moins mal, ils étaient moins visiblement déformés, peut-être, mais ils n'allaient pas bien. Au contraire, ils étaient déjà en train de devenir ce qu'ils sont aujourd'hui. Ou bien, si, à un moment donné, ils allaient bien, ils n'en étaient pas conscients, leur corps n'existant pour eux que dans la mesure où ils en souffrent, et où cette souffrance les encombre. Ils n'ont donc aucune mémoire du bien-être et, sans la mémoire du bien-être, sans que des sensations positives soient stockées dans le cerveau et dans les molécules, le corps n'a pas les moyens de *retrouver* son équilibre. Comme le dit Frederick Perls : « La conscience en soi – par et en elle-même – peut être curative [1] », parce qu'elle donne au corps des possibilités d'autorégulation et que cette autorégulation est le mécanisme même de la santé.

1. F. Perls, *Rêves et existence en gestalt thérapie*, *op. cit.*, p. 20.

6

Toutes mes expériences depuis la parution du *Corps a ses raisons* – celle du courrier, de la rencontre avec mes lecteurs, avec des journalistes, avec des thérapeutes et thérapies de toutes sortes – m'ont amenée à me poser beaucoup de questions sur la nature de mon travail et son évolution possible. Je voudrais poser quelques-unes de ces questions « à haute voix » pour voir clairement où j'en suis maintenant, et comment j'y suis arrivée. Mais aussi, pour encourager mes lecteurs à se poser de nouvelles questions sur eux-mêmes et sur la demande qu'ils pourraient éventuellement faire auprès de thérapeutes.

Commençons donc par la question du mieux-être. À première vue, on dirait qu'il n'y a pas de question à poser. Tout le monde veut se sentir mieux, beaucoup se contenteraient de se sentir ne serait-ce qu'un peu mieux. Mais « un peu » de mieux-être n'est-ce pas, en fait, traître ? Ce « peu » ne permet-il pas simplement de mieux supporter une situation qu'il vaudrait mieux changer et d'éviter de descendre vers les profondeurs, vers les origines de son malaise, de sa douleur ? Le mieux-être n'est-il pas l'équivalent du mois de vacances qui permet de supporter la corvée du reste de l'année ? N'est-il pas l'aspirine qui efface momentanément le symptôme et laisse le désordre intact ? Je crains que la réponse ne soit « oui ».

En répondant ainsi je dois donc dénoncer toute thérapie qui ne promet qu'un peu de mieux-être non seulement comme récupératrice – dans le sens politique où le pouvoir récupère ses dissidents – mais aussi comme dangereuse, mortellement dangereuse car elle prive ceux qui s'en contentent de la possibilité de trouver leur vérité, de vivre la vie qu'ils pourraient vivre. Mais dans ce cas, ne suis-je pas en train de condamner mon propre travail d'anti-gymnastique ? Les préalables offrent-ils davantage qu'un peu de mieux-être ? En principe, oui.

Les mouvements d'anti-gymnastique, conçus à partir du principe de base de la méthode Mézières, sont destinés à vous faire prendre conscience d'une expérience nouvelle : ce que c'est que d'*aller bien*. Ils vous apprennent à vous mouvoir avec aisance et avec votre grâce naturelle quand vous n'êtes pas retenu par les tensions de votre musculature postérieure. Ils ne doivent pas vous donner un moment de bien-être – le temps de les faire – mais vous permettre d'intégrer votre nouvelle liberté de mouvement dans tous les gestes que vous faites tous les jours. Mais pour arriver à ce but, il faut passer par de « mauvais moments », ceux pendant lesquels vous découvrez ce que vous ne pouvez pas faire, ce que vous n'avez jamais pu faire à cause de cette raideur certainement très ancienne. Cette rencontre avec vos blocages musculaires vous met face à leurs raisons, leurs raisons mécaniques… et les autres. Cette rencontre vous met face à un mal-être que vous avez toujours cherché à éviter, un mal-être qui ne vous est pas familier, que toute l'organisation de votre corps, tout ce déséquilibre compensatoire vous avait permis de vous cacher à vous-même. L'anti-gymnastique n'est donc pas un soulagement, mais un travail, assez sournois dois-je dire, qui bouscule. Il peut mener vers un de mieux-en-mieux-être, mais le chemin par lequel on y accède n'est pas court et droit. Il est tortueux et plein de dangers ; à chaque tournant on risque de sentir surgir un des vieux démons tapis jusqu'alors dans le corps. Que ceux qui s'y aventurent soient prévenus.

Si un peu de mieux-être est une mauvaise chose, les techniques qui provoquent volontairement un mal-être violent, dans le but de faire sortir une misère cachée, ne sont-elles pas, forcément, bonnes ? Logiquement, oui. Mais dans la pratique ces méthodes sont souvent pleines d'écueils. À mon avis, les techniques hyperstressantes sont douteuses pour deux raisons principales. Premièrement, les contorsions physiques ne font pas que provoquer des réactions émotionnelles ; elles aggravent les déformations corporelles. Si elles font « sortir » la pénible expérience logée dans une partie du corps, elles ne tiennent pas compte du corps dans son ensemble et accentuent son déséquilibre. Deuxièmement, et cette raison est peut-être plus grave encore car elle mène vers l'illusion, la brève et violente explosion émotionnelle peut agir comme une soupape qui, momentanément ouverte, laisse échapper le trop-plein qui rendait la vie insupportable. Elle soulage donc et, comme nous l'avons entrevu, permet de supporter une situation aberrante. La violence ne doit pas être confondue avec la profondeur. Ceux qui hurlent leur détresse en vase clos sous la surveillance d'un thérapeute peuvent facilement avoir l'illusion d'être délivrés pour toujours et non pas momentanément. Mais où en sont-ils vraiment une fois poussé le cri de peur, de colère, de faim, une fois qu'ils ont dit « ouf » ? Où en sont-ils vraiment quand, la séance terminée, ils se retrouvent les mêmes, puisque leur structure n'a pas été modifiée, face à un monde qui, lui aussi, est le même ? N'ont-ils pas simplement poussé le cri qui leur permet de se calmer, de se réintégrer avec, en plus, la satisfaction bien illusoire d'être allés jusqu'au bout de leurs résistances (dans une situation thérapeutique où, après tout, ils ne risquaient pas grand-chose) ?

Je dois conclure que les seules thérapies valables, c'est-à-dire aux effets durables, sont celles qui changent la structure externe et la structure interne (l'une ne bouge pas sans l'autre), qui permettent au sujet de recevoir de lui-même de nouvelles informations quotidiennement utilisables, et lui permettent de continuer à évoluer sans l'intervention du thérapeute.

Mais le thérapeute, comment doit-il agir pour aider son patient à vivre sans illusion, sans désespoir, sans dépendance excessive ? Si le thérapeute est directif, s'il est, comme Perls se nommait, un « frustrateur », alors son travail consiste à coincer le sujet, à le priver de ses vieilles ruses, à lui montrer clairement, voire brutalement, que ses mécanismes de défense, que les rôles qu'il a coutume de jouer sont caducs. Ces thérapeutes pratiquent donc une sorte de viol, mais dans la mesure où le sujet est consentant – c'est lui, après tout, qui est venu chercher le thérapeute qui le « cherche » à tous les tournants –, il n'y a pas crime. Sauf si le thérapeute n'est pas expert, sauf si ses motifs ne sont pas désintéressés, sauf si sa technique n'est pas solidement fondée, sauf si lui-même confond des effets spectaculaires avec des changements profonds.

Si le thérapeute est non directif, comme je le suis dans mon travail de groupe, le travail est forcément long et indirect. C'est le sujet lui-même qui détermine le rythme du travail ; il est libre de reculer autant que d'avancer. Il peut remplacer une résistance par une autre, fuir ou nier ses découvertes. Le thérapeute ne le force pas à avancer, à s'approcher de lui-même. Il attend que le sujet le fasse parce qu'il croit que seules les découvertes faites de l'intérieur de soi-même mènent vers des changements profonds et évolutifs. Le thérapeute non directif, donc, ne fait que suggérer, faire des propositions ou, s'il est psychanalyste, des interprétations pour aider le sujet à rectifier son tir, à s'orienter d'une nouvelle façon que le thérapeute voit très clairement mais que le patient n'aperçoit pas encore. Cela paraît bien anodin et peut certainement l'être si le thérapeute confond non-directivité avec passivité, avec indifférence ou avec incertitude, s'il porte tout son « respect » sur la personne telle qu'elle est plutôt que telle qu'elle pourrait être. Malheureusement, beaucoup de non-directifs n'ont pas une claire vision de cette notion-là. Ils n'ont pas non plus la technique qui pourrait les y amener. Leur non-directivité devient un écran derrière lequel ils se protègent eux-mêmes, derrière lequel ils cachent leur ignorance sous prétexte de protéger les « droits » de leurs patients qu'ils bercent, materment, soutiennent… et maintiennent au point mort.

Les meilleurs non-directifs que je connais sont animés par le désir fervent que leurs patients se trouvent. Ils arrivent à se mettre dans leur peau… sans pour autant envahir leur territoire : délicat travail, effectivement. Ils deviennent l'allié de la partie du sujet qui veut se trouver, car derrière les peurs, la résistance, il y a, la plupart du temps en tout cas, une partie qui veut vivre autrement. Et c'est cette partie-là, celle qui cherche la lumière, que le thérapeute *seconde*. Si tout le jeu du sujet est de rester dans une demi-obscurité, de perdre de vue le but du travail, de fuir le changement qu'il craint autant qu'il le désire, le thérapeute non directif doit cependant voir avec une parfaite clarté le but vers lequel le sujet pourrait tendre. Dans mon travail ce but est très simple : c'est la forme parfaite.

Ce n'est évidemment pas moi qui mets en question la forme parfaite ! Un grand nombre de lecteurs, de patients et d'amis la contestent, et avec tant d'indignation que je me sens appelée à expliciter ce qu'elle veut dire pour moi et ce qu'elle ne veut pas dire.

Quand je dis, en citant Françoise Mézières, que la forme parfaite n'est autre que la forme normale du corps, celle que n'importe quel corps (sauf ceux qui ont subi une mutilation ou qui souffrent de malformation congénitale) pourrait avoir s'il n'était pas déformé par l'excès de tension de la musculature postérieure, cette définition déclenche souvent de violentes protestations. Quand certains de mes interlocuteurs entendent le mot « normal », ils ne le distinguent pas du mot « normalisation ». Ils croient qu'en permettant à mes patients de tendre vers leur forme normale, je voudrais qu'ils soient normalisés, standardisés, qu'ils perdent leur identité propre (possibilité, semble-t-il, particulièrement odieuse aux Français, pour qui l'individualisme a une telle importance qu'ils se méfient, automatiquement et sans trop se poser de questions, de tout ce qui pourrait lui porter atteinte). Pour d'autres personnes, le mot « normal » ne peut avoir que des résonances suspectes, dangereuses. S'il y a des gens normaux, raisonnent-ils, il y a aussi ceux qui ne le sont pas et ceux-là seraient ainsi susceptibles d'être jugés, condamnés et, les preuves historiques ne manquent pas, éliminés. Je ne peux donc qu'admettre que les mots « normal » et « parfait » ont des échos moraux et politiques parfois regrettables. Mais leur définition anatomique – et je ne parle jamais que de celle-ci – est limpide et ne menace personne. La voici.

Le corps parfait est tout simplement le corps symétrique. Il a une symétrie verticale, horizontale et cubique. La tête ne se porte pas en avant ou en arrière, ni à droite ni à gauche : elle est au milieu. Un œil n'est pas plus haut que l'autre, un côté de la mâchoire non plus. Les épaules sont horizontales ; une clavicule n'est pas plus enfoncée que l'autre ni à un niveau différent. Le sternum n'est ni en dedans ni protubérant. Si vous tirez une ligne entre les deux mamelons, cette ligne sera parfaitement horizontale et ne partira pas en biais vers l'arrière. Si vous faites la même chose entre les crêtes des os du bassin, la ligne sera tout aussi horizontale, et parallèle à la ligne entre les mamelons. Les petits plis de chaque côté du nombril sont aussi longs ou courts, aussi profonds ou superficiels d'un côté que de l'autre. Les jambes sont de la même longueur, ce qui veut dire qu'une hanche n'est pas plus haute que l'autre ou en arrière de l'autre. Les genoux regardent droit devant eux ; ils ne louchent pas, ce qui veut dire que la tête du fémur est en place dans les os du bassin. Les rotules sont directement au-dessus de l'astragale (le cou-de-pied), non pas en arrière. Quand une personne est debout, les pieds joints, les os de ses chevilles, l'intérieur de ses mollets, de ses genoux et du haut de ses cuisses se touchent légèrement et à la même hauteur. Ses deux pieds se posent de la même manière : les orteils – tous – touchent le sol et aucun ne s'écrase contre son voisin. La peau du corps qui est loin d'être aussi symétrique qu'il pourrait être est sèche (dans le dos surtout), rêche, inerte, souvent marbrée ou boutonneuse.

Pour vérifier dans quelle mesure votre corps dévie du normal, il y a le test du miroir (un miroir quadrillé rend l'observation plus précise) et plusieurs mouvements qui vous indiquent ce qui vous empêche d'atteindre cette forme parfaite. Je décrirai certains de ces mouvements-tests à la fin du livre. Mais pour l'instant ce que j'ai à vous dire de plus important est tout simplement que personne n'est parfait. Personne ne peut l'être. Personne ne doit se sentir inférieur parce qu'il ne l'est pas. Personne n'est parfait... mais chacun est perfectible. Chacun peut être un peu plus symétrique, et même nettement plus symétrique, à condition que les muscles rétractés qui le gardent dans l'asymétrie lâchent prise.

Mais pourquoi désirerait-on être un peu ou beaucoup plus symétrique ? Parce que la symétrie est le signe extérieur (et inévitable) d'une richesse inestimable : la santé. On peut aussi demander pourquoi on désire avoir une meilleure santé. Mais alors c'est à moi de demander pourquoi on lit ce livre.

De la forme du corps, revenons à la question de la forme de la thérapie. Très grossièrement, il y en a trois : des thérapies du corps sans tête, de la tête sans corps, et des thérapies moitié tête moitié corps. Un travail corporel, sans paroles, comme celui que je faisais auparavant dans mes groupes et dans ma pratique de la méthode Mézières, peut-il être curatif pour la personne tout entière... et cela durablement ? (Bien évidemment mes patients pouvaient parler s'ils le voulaient ; je ne les en empêchais pas, mais je ne sollicitais pas non plus leurs paroles et ils ne venaient pas *pour* parler. Des mots leur échappaient, ou bien ils essayaient, avec beaucoup d'application parfois, de résumer dans une phrase juste où ils en étaient et où ils avaient été.)

Mais combien cherchent une thérapie sans parole parce qu'ils sont persuadés que leur mal n'est que physique et qu'il n'y a rien à en dire ? Combien d'autres craignent de ne pas être assez intelligents pour dire leur détresse ? Combien ne veulent aller que jusqu'où on peut aller sans parler, c'est-à-dire sans risquer d'aller trop loin « accidentellement » ? (Une femme m'a écrit pour me demander de soigner sa fille adolescente... à condition que je ne me serve que de mes mains : « Pas de parole, écrivait-elle, les seuls résultats qui m'intéressent sont ceux qui sont vérifiables ! ») Combien ne veulent pas dire leur souffrance et ne supportent pas que leurs proches disent la leur parce qu'il leur est vital de croire qu'il n'y a pas de souffrance profonde et tue ? Combien souhaitent garder leur souffrance en dedans et croient que si jamais des mots leur échappaient ils ne pourraient plus faire rentrer leur souffrance à l'intérieur d'eux-mêmes ? Combien ont été tellement blessés par les mots des autres qu'ils s'abstiennent de se servir de ces armes, effectivement redoutables, même pour se défendre ? Combien croient qu'il vaut mieux laisser la bouche, comme la boîte de Pandore, fermée ?

Si une personne demande une thérapie corporelle pour fuir la parole, je ne pense pas qu'elle puisse vraiment se guérir... même « physiquement ». Si elle ne veut surtout pas entendre (de sa propre bouche, bien sûr) la raison outre-mécanique de sa déformation, s'il n'y a aucun éclaircissement, aucune conscience du comment et du pourquoi de ce qui lui est arrivé, alors, quelque temps après ce qui semble être sa guérison, elle se mettra à fabriquer de nouveaux symptômes. Puisque sa tête est restée au même point, son corps y retournera. Et encore une fois la personne reviendra chez son thérapeute avec la même demande, demande destinée d'ailleurs à être éternellement répétée : « Arrangez-moi l'extérieur, mais laissez tranquille l'intérieur. » Mais personne n'a « l'intérieur » tranquille ; inutile de se taire par peur de le réveiller : il ne dort pas.

Je ne me sens pas qualifiée pour répondre à la question de l'efficacité de cette thérapie « tête sans corps » qu'est la psychanalyse. Je sais seulement que certains analystes, qui interdisent à leurs patients de faire un travail corporel parallèlement à leur analyse, ne peuvent avoir raison. Il y en a même qui refusent d'accepter comme patients ceux qui ont déjà « investi dans leur corps », comme ils disent, les considérant « inaptes » à faire une psychanalyse. Mais il y a d'autres analystes qui semblent regretter de ne pouvoir tenir compte du corps réel de l'analysant, de ne pouvoir être concernés que par sa symbolisation et d'être dans l'obligation de trancher de façon abstraite et théorique entre douleur psychique et douleur physique, car cette coupure ne se laisse pas faire autrement. Le « tout dire » étant l'essence de l'analyse et le corps ne pouvant être réduit aux mots ou exprimé exclusivement à travers des mots parce qu'il est en lui-même une *autre* expression, certains « psys » doivent sentir une frustration professionnelle à l'égard du corps de leurs patients. En tout cas, il est certain qu'ils ressentent une frustration personnelle à l'égard du leur, compte tenu du nombre impressionnant de psys qui demandent à se faire soigner chez moi ou à participer à mes groupes.

Les limites d'une thérapie où le corps n'existe qu'à travers la parole, je les devine surtout par les propos des analysants qui viennent chez moi pour « compléter » leurs investigations, et par la révélation que ce travail corporel semble leur apporter, même, ou peut-être surtout, quand ils sont en analyse depuis plusieurs années. Je crois, avec Ida Rolf, que l'assouplissement comportemental, l'élargissement des possibilités de vie qu'apporte la psychanalyse doivent pouvoir être vérifiables dans une nouvelle souplesse corporelle, dans des modifications de la structure charnelle. Si une personne en analyse depuis longtemps, ou ayant « officiellement » terminé une analyse, ne peut pas constater des améliorations physiques, si elle ne peut pas les *voir*, je crois que son analyse ne l'a pas menée assez loin, aussi loin qu'elle le croyait.

En parlant des thérapies psychocorporelles, j'ai déjà posé quelques questions sur la défectueuse vision anatomique qui leur sert souvent de base, et exprimé mes doutes sur la profondeur et la permanence des effets spectaculaires obtenus. Je voudrais ajouter que, si ces thérapies courtes et fracassantes vous aident à prendre conscience rapidement de vos peurs, de vos hontes, de vos frustrations, de vos haines, elles ne vous permettent pas pour autant de les expédier. C'est nécessairement un très long travail de désapprendre des réactions si longtemps refoulées et qui ont déformé votre corps et joué sur tout votre équilibre biologique. Ayant pris conscience de la violence de vos émotions, il faut, dans un second temps, comprendre que cette violence a fait son temps, que vos anciens modes de comportement sont « démodés » dans votre corps d'aujourd'hui, prêt à vivre autrement. Mais en comprenant cela, vous ne serez pas encore « autre », car ces vestiges pèseront longtemps, ils vous encombreront et continueront à vous faire obstacle. Il faut vous en désaccoutumer, comme d'une drogue que vous ne prenez plus mais dont les traces se trouvent encore dans votre organisme. Votre vieux comportement acquis est stocké dans votre structure biologique et, comme chacun sait, la liquidation des vieux stocks se fait toujours « avant travaux ». Ainsi je crois que les thérapies qui secouent brutalement tête et corps peuvent être, pour certains, un début prometteur… mais jamais plus qu'un début.

Malgré mes réticences, je trouve qu'il y a indéniablement quelque chose de juste dans la recherche d'une thérapie où l'on s'exprime et avec des mots et avec le corps. Mes réponses aux questions que m'ont fait poser ces thérapies, je ne peux pas les livrer ici avec netteté parce que je suis en train de les chercher chaque jour dans le nouveau travail avec parole « incorporée » que je fais avec mes groupes d'antigymnastique. Je parlerai longuement de ces expériences dans le chapitre suivant. Mais avant de conclure que prendre la parole est forcément un atout thérapeutique, il reste quelques questions à poser sur la parole elle-même.

Dans la vie secrète de chacun, il y a une partie de rêve – avouable – et une partie cauchemardesque qu'on éprouve la nécessité de taire aux autres… et à soi-même. Cette vie honteuse, coupable, condamnable est celle qui hante son inconscient. Les secrets qui s'y logent sont si épouvantables qu'ils ne permettent pas de vivre le conscient tranquille. Le conscient est agité, parfois à bout de force, dans ses efforts pour faire comme s'il n'y avait pas de secrets du tout. Mais aussi vigilant que le conscient puisse l'être, il y a toujours des risques de fuite, surtout quand vous prenez la parole. Il y a toujours le danger de faire un lapsus qui peut faire rire autrui mais qui vous glace le sang ou vous brûle les joues. Il y a toujours la possibilité de dire ce que vous ne vouliez pas dire, d'aller trop loin et de ne pas pouvoir reprendre vos mots, dits à jamais, et d'être entendu par d'autres oreilles que les vôtres qui, derrière vos mots, innocents croyez-vous, entendent d'autres mots qui vous condamnent ou, ce qui est encore moins admissible, condamnent ceux-là mêmes que vous teniez à protéger.

Chacun a un secret qu'il garde au fond de lui, mais les gardiens les plus acharnés sont peut-être ceux qui cachent la faute d'un autre, d'un parent dont il faut conserver l'image pure et inattaquable. Ces gardiens-là ne parlent pas pour ne pas blâmer ; victimes honorables, ils obéissent à une loi plus forte que celle de l'État et nient, par leur silence, qu'il y eut crime. Ils n'ont ni tort ni raison : ils ont une mission à laquelle ni les écrits de Freud, ni la recherche de la vérité humaine, ni les modes sociales, ni leur propre soupçon, ni leur droit à la liberté d'expression, ne les feront renoncer.

Plus généralement, est-ce que nous devons parler parce que nous en avons l'occasion, la possibilité ? Comme le souligne Michel Foucault[1], les pouvoirs nous ont accordé une liberté d'expression pour nous en servir comme d'outil de répression. Nous sommes sommés de dire, de tout dire au confessionnal, en remplissant des formulaires, en réponse aux sondages

1. M. Foucault, *La Volonté de savoir*, Paris, Gallimard, 1976.

d'opinion, dans les « confidences » attendues comme preuves de confiance pour que ces informations, qui ne sont pas toujours librement données mais que nous nous sentons le devoir de donner, soient utilisées pour nous classer, nous contrôler, nous juger. Il n'est pas étonnant alors qu'au fond de nous-même nous nous méfiions des mots et de ce qui est censé être nos droits inaliénables. Si notre parole n'est pas respectée, quelle autre arme avons-nous pour faire respecter notre vie, sinon le silence ? Je pense à mes grands-parents paysans et à ce silence, à cette extrême discrétion qui les rendaient forts et nobles à mes yeux. Je pense à celui, si doué pour aider à faire parler ceux qui mouraient de leur envie et de leur difficulté de le faire, et qui refusait de parler de lui-même. Je pense à eux et à ceux qui, comme Bartleby l'Écrivain [1], préfèrent ne pas parler, et j'ai envie de rendre hommage au silence et de dire mon respect pour ceux qui se taisent. Et moi, qui maintenant suis passée du côté de la parole, n'ai-je pas surtout le désir de saluer, comme pour lui dire adieu, celle que je fus, celle qui défendait le silence qui, croyait-elle, la protégeait ?

Mais posons d'autres questions auxquelles il est peut-être possible de répondre. La prise de conscience ne peut se faire que de l'intérieur de soi-même, mais ce travail doit-il être solitaire pour autant ? Auparavant il me semblait important dans un travail de groupe que chaque participant ne tienne pas compte de la présence des autres, qu'il reste seul avec son corps et ma voix. Mais depuis que je vis moi-même davantage « dans le monde », je me demande dans quelle mesure le regard

1. H. Melville, in *Benito Cereno*, Paris, Gallimard, coll. « L'imaginaire », 1979.

des autres, leurs propos, leur présence peuvent contribuer positivement à la prise de conscience individuelle. Apprendre à voir les autres, à lire leur corps, à affronter leur regard, oser les toucher, faire des mouvements à deux, à plusieurs, joindre sa voix aux leurs ne nous aide-t-il pas à avoir une vision plus juste de nous-même ainsi que des autres ? Tout mon récent travail en groupe, dont je parlerai dans le chapitre suivant, m'amène à répondre « oui ».

Je voudrais conclure ce bref chapitre de questions en en soulevant une qui embarrasse bien des thérapeutes. Qu'est-ce que l'énergie ? Mot clef de toutes les thérapies nouvelles et pas si nouvelles, l'énergie, cette force ou cette chose ou cette quantité ou cette qualité ou ce mystère qu'on a en soi et qui ne circule pas et ne se distribue pas comme il faut, expliquerait tout. Mais qui a expliqué l'énergie ? Henri Laborit. En tout cas, c'est lui qui a donné la définition la plus cohérente, la plus claire que je connaisse. L'énergie, et il n'y en a qu'une, c'est l'énergie solaire. Transformée par les plantes vertes en énergie chimique, l'énergie solaire est absorbée par notre corps qui la met en réserve et s'en sert pour maintenir sa structure. « L'énergie biologique vient de l'énergie photonique solaire que les carnivores absorbent en mangeant des herbivores, que les herbivores absorbent en mangeant des herbes et que les herbes savent, seuls organismes vivants sur la planète, transformer à partir de l'énergie photonique solaire [1] », dit Laborit, résumant les connaissances acquises par tout lycéen mais que l'adulte oublie quand il essaie de faire le rapport entre l'énergie réelle et sa perception de son propre corps.

1. H. Laborit, interview dans *Sexpol*, Paris, nº 29-30, mai 1979.

Le corps humain ne sécrète donc pas de l'énergie, il ne la crée pas. Il la stocke, l'ayant reçue, par le biais de quelques opérations intermédiaires, du soleil.

Notre vie dépend donc de celle du soleil. Banalité ? Certes. Mais à mon avis elle situe l'homme inexorablement dans le contexte du cosmos. Ce qui ne doit pas ajouter à sa confusion, bien au contraire. Le fait objectif d'exister dans l'univers et par les lois qui le régissent ne peut que rassurer, que rendre plus claires encore la cohérence et les possibilités de chacun. C'est la recherche de la cohérence de l'individu et de ses possibilités qui m'ont amenée à m'intéresser à toutes sortes de thérapies et c'est cette même recherche qui a fait que je m'intéresse à l'astrologie. Oui, j'ai bien dit à l'astrologie. J'en parlerai dans le chapitre suivant qu'il est temps, d'ailleurs, de commencer.

7

N'étant plus tout à fait la même, je ne travaille plus de la même manière. Je ne travaille plus seule dans une pièce de mon appartement, mais dans un lieu à part où, à première vue, rien ne laisse croire qu'on y vient pour se faire soigner. Il n'a rien de clinique ni dans l'odeur ni dans l'ameublement. On dirait un lieu à vivre, du moins je l'espère ; du moins, moi, j'ai du plaisir à y vivre mes journées. Je n'aime pas ces lieux froids, ces grandes salles que la laideur est censée rendre neutres, ces cabines aux minces cloisons préfabriquées où seule la maladie semble trouver accueil, certainement pas le malade, et où la santé, le plaisir n'ont aucune place. Puisque l'essentiel de mon travail est de donner accès au bien-être, pourquoi cette possibilité ne se ferait-elle pas sentir dès que la porte s'ouvre ? Puisque les résultats de ce travail sont durables, intégrables dans chaque activité de la vie, pourquoi est-ce que je travaillerais dans un endroit où personne n'aimerait passer un moment de plus que la durée d'une séance de soins ? Ayant trouvé ma cohérence personnelle, il me semblait nécessaire et inévitable qu'il y ait une homogénéité entre mes goûts, la nature de mon travail et l'endroit où je le pratique.

Je ne travaille plus seule, mais avec une jeune et

petite équipe dont les membres pratiquent la méthode Mézières ou font de l'anti-gymnastique en groupe (le plus souvent les deux). Il y a aussi un praticien japonais de Shiatsu qui a appris son art dans son pays natal, et une jeune femme qui donne des cours d'astrologie.

Chacun de mes nouveaux collaborateurs a été choisi parce qu'il est passionné par son travail qu'il fait très bien et – ce qui est aussi important – parce qu'il a conscience de ses possibilités encore inexplorées. Je n'ai pas choisi de travailler avec des « grands », avec des thérapeutes renommés dont, souvent, le premier souci est de protéger leur acquis, leur réputation. Je n'ai pas voulu non plus travailler avec des théoriciens, des concepteurs qui dédaignent la thérapeutique. J'ai voulu des collaborateurs ouverts au monde et à eux-mêmes. Ceux d'entre eux qui pratiquent la méthode Mézières l'ont apprise directement de Mlle Mézières, ceux qui font des groupes d'anti-gymnastique ont été formés par moi. Ayant maîtrisé une technique, chacun, avec sa personnalité bien à lui, s'en sert à sa manière (je n'ai pas voulu non plus des robots sans imagination, sans initiative).

Chacun de mes collaborateurs a fait l'expérience personnelle d'une psychanalyse ou d'une psychothérapie. Chacun continue à faire des stages chez des praticiens des techniques corporelles et psychocorporelles. Chacun assiste à nos rencontres du mercredi où nous parlons ensemble de notre travail de la semaine et de nos lectures, et où souvent nous invitons un thérapeute pratiquant une technique qui nous intéresse à nous en parler, ou à en faire la démonstration. Compétents, curieux, engagés, mes collaborateurs ne sont pas – pas plus que je ne le suis – des thérapeutes parfaits à qui l'on peut demander des miracles. Et c'est très bien ainsi. Car nous ne voulons pas qu'on nous demande des miracles, nous ne voulons pas qu'on nous demande de faire un travail que nous ne pouvons pas faire : celui que seul le patient peut faire. Aucun de nous n'est assez fort pour deux. Personne ne doit avoir à l'être.

Prévoyant une certaine perplexité devant la plus inattendue de mes collaborateurs, je voudrais parler en premier lieu de l'astrologue, et de la raison pour laquelle je l'ai invitée à travailler avec moi. Étant donné la nature de mes recherches récentes, il pouvait sembler plus approprié que je choisisse, plutôt qu'une astrologue, un « psy » d'une sorte ou d'une autre. Je ne l'ai pas fait pour plusieurs raisons. Premièrement, en m'arrêtant justement sur une sorte de « psy » plutôt qu'une autre, il me semble que son appartenance à une école particulière suggérerait – par extension – des limites à mon travail, qui se ferait, du coup, dans un « cadre ». Deuxièmement, avec un psychothérapeute sur place, il y aurait forcément un conflit de transfert chez ceux qui m'ont adressé leur demande d'aide, à moi personnellement. De toute manière, dans la mesure où un grand nombre de ceux qui viennent chez moi font ou ont déjà fait un travail psychothérapeutique, le « psy » de service ne pouvait intéresser, à la rigueur, que certaines personnes. Et puis, il me semble qu'en désignant un spécialiste de la tête – aussi passionné par le travail corporel qu'il puisse être – je ne peux que marquer la séparation, trancher entre tête et corps : exactement ce que je ne veux pas faire. Décidément, tout en reconnaissant mon désir de travailler avec une personne qui donnerait à ceux qui viennent chez moi une vision plus large d'eux-mêmes, je dois conclure que cette personne ne peut être psychothérapeute.

Pour expliquer pourquoi la vision astrologique me semble plus appropriée, il faudrait que je résume encore une fois les buts de mon travail : faire reculer les limites de *tous* ceux qui viennent me voir ; permettre à *tous* de sentir de nouvelles possibilités d'action, de reconnaître la cohérence de leur tête, leur corps, leurs manifestations expressives de tous ordres. Dit le plus simplement possible, mon travail vise à aider chacun à comprendre qu'il existe, qu'il a une vie à vivre ; mon travail le confirme dans le soupçon qu'il est temps de s'y mettre, et dans le désir d'en trouver les moyens. Mais pour qu'une personne puisse s'accomplir, il me semble qu'il faudrait auparavant qu'elle désapprenne sa dépendance disproportionnée à son entourage (y compris son thérapeute) et qu'elle reconnaisse les dépendances qui lui sont fondamentales et qui sont les mêmes pour tous. C'est du soleil et de la terre que nous dépendons : du soleil comme unique source d'énergie (il ne faut pas croire qu'on puise son énergie en autrui) ; de la terre comme base sur laquelle il faut prendre appui. (On peut, si on le veut, trouver ces propos simplets ; on ne peut pas les trouver inexacts.)

L'astrologie m'intéresse donc parce qu'elle relie l'être au ciel et à la terre, au cosmos, qui est, en fait, le vrai lieu de sa vie. De tous les moyens de connaissance de soi, l'astrologie est, sinon le plus dense, du moins le plus large, celui qui n'exclut personne. Chacun ayant une heure et un lieu de naissance, chacun étant irrévocablement lié à l'univers depuis le premier moment où il a empli d'air ses poumons, personne n'est un cas à part. Chacun a une place dans l'univers :

une place situable, visualisable dans le dessin de sa carte du ciel. Chacun a une place – unique – et chacun a un destin personnel : personne n'est de trop. Si vous dites : « Et alors ? », si vous trouvez que je ne dis que des évidences sans intérêt, alors vous n'avez jamais fait face à la solitude, ni à celle d'un autre, ni à la vôtre ; alors vous ne reconnaissez pas cette souffrance, si courante, de se sentir séparé du monde, différent des autres, isolé dans une situation que personne ne peut comprendre.

Avec une connaissance de l'astrologie, science intrinsèquement optimiste, vient un sens de la réalité et de l'unicité de son existence, de l'étendue de ses possibilités, et de la responsabilité vis-à-vis de soi-même que la connaissance de ces possibilités entraîne. L'astrologie n'érige pas des barrières au possible, mais désigne les obstacles que vous aurez à franchir pour réaliser vos possibilités. Elle ne vous dit pas de quelles maladies vous souffrirez inévitablement, mais indique vos vulnérabilités physiques ; à vous de les éviter. Elle ne vous plonge pas dans une obscurité fataliste, mais vous ouvre des voies lumineuses ; à vous de les explorer. Elle ne vous donne pas des excuses d'inaction, mais vous déculpabilise quant aux activités que vous ne poursuivez pas parce qu'elles ne sont effectivement pas « pour vous ». Comme le déterminisme biologique, vos données astrologiques ne doivent pas vous mener vers une abdication de vos désirs, de votre volonté, de vos espoirs, mais vous permettre de vivre non pas dans l'attente illusoire de devenir autre, mais avec la connaissance de vos possibilités réelles de devenir pleinement vous-même.

L'astrologie est une science sérieuse. Ce sont les faux astrologues, si nombreux aujourd'hui, qui, eux, ne le sont pas. Autrefois, avant que la spécialisation ne fasse voler en éclats les connaissances humaines, les médecins étaient aussi des astrologues, les astronomes étaient aussi des astrologues. Ceux qui cherchaient à comprendre la nature humaine et celle de l'univers – Hippocrate, Newton, Kepler entre autres – étaient aussi des astrologues. Toute la médecine chinoise – la médecine préventive par excellence – est inextricablement liée à la science des influences cosmiques. (Un point d'acupuncture à l'arrière du crâne par où entre l'énergie Yang s'appelle « la porte du ciel ».) Ce sont ceux qui cherchent à fermer les portes pour sauvegarder leurs fragiles certitudes qui « ne croient pas » à l'astrologie. Autant dire qu'on ne croit pas à la force de gravité ou au rythme des marées.

Il est évident d'après ces propos que l'astrologie telle qu'elle est pratiquée et enseignée par ma collaboratrice n'a rien à voir avec les horoscopes publiés dans les journaux ou avec les thèmes fournis par ordinateur. Ceux-ci ne s'adressent à aucune personne vivante, ni à vous ni à personne sur la terre. Portraits robots, ils ne peuvent ressembler qu'aux robots… mais même certains robots sont trop « intelligents » pour y être décrits. Ces commercialisations, qui ont donné mauvaise réputation à l'astrologie, sont fondées sur un nombre infime de données tandis que pour faire le thème d'un individu il faut tenir compte de très nombreuses données précises parmi les *milliards* qui existent. Pas plus qu'il n'est possible de faire une psychanalyse par ordinateur ou de prendre pleinement conscience de son corps en faisant des exercices imprimés sur une quelconque fiche du mois ou du Moi, il n'est possible de vous situer dans l'univers, dans le monde, ou à vos propres yeux, en consultant des horoscopes préfabriqués qui ne parlent de personne. Ils ne peuvent que vous confirmer dans votre crainte de n'être, justement, personne.

Comme l'astrologie, le Shiatsu reconnaît la dépendance de l'être au cosmos. Version japonaise et manuelle de l'acupuncture chinoise, Shiatsu veut dire « pression des doigts ». Cet art est pratiqué avec le pouce, les doigts, la paume de la main sur la peau aux points précis où les terminaisons nerveuses présentent une sensibilité particulière et qui se trouvent sur les canaux d'énergie connus sous le terme de « méridiens » dans l'acupuncture. Cette pression de la main, douce et profonde, à laquelle le patient s'abandonne, est accompagnée souvent de paroles permettant au patient de visualiser ainsi que de sentir l'intérieur de son corps. Je trouve que le Shiatsu est un excellent complément au travail fait par moi-même et mes copraticiens de la méthode Mézières et de l'anti-gymnastique, qui, d'ailleurs, ont suivi des cours avec notre maître de Shiatsu, et ont appris à affiner leur toucher et à mieux comprendre la cohérence des contractures musculaires et des blocages des organes internes.

Ayant appris ces derniers temps beaucoup de choses sur moi-même, sur les autres, et sur les thérapies autres que la mienne, le travail que je propose aujourd'hui dans mes groupes s'est enrichi, enhardi aussi. Mais avant de dire où nous en sommes, moi et ceux qui participent à mes groupes, il me semble important de bien situer notre point de départ.

Dans une certaine mesure, le travail en groupe se fait à l'envers des séances individuelles. En « individuelle », le travail se fait de l'extérieur vers l'intérieur ; c'est-à-dire que le thérapeute modèle le corps du patient, effectuant des changements dans la forme du corps qui seront par la suite intégrés par le patient. En groupe, le travail se fait de l'intérieur vers l'extérieur ; c'est-à-dire que celui qui participe au groupe fait lui-même des mouvements que lui seul peut sentir et dont lui seul, à travers ses sensations, peut mesurer l'ampleur et la justesse. Il effectue ainsi d'infimes changements dans la forme de son corps qui ne seront visibles, palpables que par la suite.

En groupe, je ne touche que rarement et cela, en passant : mon intervention est surtout verbale. Mais qu'est-ce que je dis ? Rien d'envoûtant. Je décris avec le plus de précision possible des mouvements qui permettent au corps de tendre vers la symétrie qui lui est normale. Ce travail se fait en respectant les axes du corps et, ce faisant, il respecte aussi les trajets d'énergie qui, s'ils ne sont pas déviés par une torsion, par une tension, par une bosse ou un creux excessifs, traversent le corps à tout instant et lui donnent son équilibre. Mais comment un corps trouve-t-il sa symétrie, son équilibre ? Il les trouve millimètre par millimètre. Tout le travail de l'anti-gymnastique est là : dans des mouvements infimes et nouveaux qui, peu à peu, permettent aux os de trouver leur place précise dans les articulations, aux muscles postérieurs de lâcher leur force excessive, aux muscles antérieurs qui sont en ligne brisée de s'unir et de prendre la force dont ils étaient privés par leurs antagonistes, et aux pieds, aux fesses, au dos, aux côtés du corps de trouver l'appui large et stable qu'ils devraient avoir, que vous soyez en position debout, assis ou couché : le corps se remet en place.

Il s'agit aussi d'apprendre à démonter les mécanismes des mouvements, de percevoir avec une extrême précision comment vous bougez réellement. Faites-vous vraiment ce que vous croyez faire ? Il est courant de faire un mouvement qui sollicite les muscles du devant du corps et d'avoir l'illusion que ce sont les muscles postérieurs qui le produisent parce que, noués, douloureux, ils imposent leur présence. Mais en réalité ces muscles sont souvent les freins du mouvement. Cette confusion musculaire s'accompagne de conflits dans le système nerveux : les commandes se brouillent. Comment en serait-il autrement ? Si votre cerveau n'a encore jamais reçu les informations nécessaires, comment les transmettrait-il ? Peut-être n'avez-vous jamais fait l'apprentissage de certains mouvements économes et justes.

Quand on met en question son organisation musculaire et nerveuse, on aborde non seulement les débuts de son histoire personnelle, mais aussi celle de l'humanité. Il y a du remue-ménage dans les archives préhistoriques et pré-humaines. Dans notre musculature postérieure est inscrite la mémoire de nos ancêtres reptiliens (sans membres) dont la locomotion dépendait exclusivement de cette musculature, et, dans nos rotations internes, l'est celle de nos ancêtres les lézards. Mais si eux ne pouvaient pas faire autrement que d'avoir cette organisation exclusivement dorsale, l'homme le peut, à condition d'explorer ses possibilités variées, de découvrir le plein usage de son corps. Cela suppose cependant que, par une extrême attention aux mécanismes de son corps, il se permet de recevoir de nouvelles informations fines et précises dont les zones associatives de son cerveau, et du sien seulement, sauront faire usage.

Je commence le travail souvent par un mouvement « degré zéro ». Je demande aux personnes étendues au sol de faire « non » de la tête. C'est le premier mouvement qu'un nouveau-né peut faire pour chercher le sein. (Le « oui » exige des commandes nerveuses et une force qui n'apparaissent que quelques mois plus tard.) Ce mouvement si simple est souvent empêché par la peur de bouger. Mécaniquement élémentaire, il a une lourde charge émotionnelle. Peut-être n'a-t-il pas été appris parce que, au moment crucial, il n'a pas été renforcé, la récompense (le lait de la mère) ne venant pas. Nombre de ceux qui ont de la difficulté avec ce mouvement ou avec d'autres presque aussi simples et précis feraient plus volontiers des efforts incohérents, des moulinets de bras, des ronds de jambes. Ils s'agiteraient ; bref, ils feraient plus volontiers de la gymnastique qu'un mouvement délicat, senti.

Le travail d'anti-gymnastique est aussi très lent et difficile parce que le corps triche. N'aimant pas l'inconfort *inhabituel*, le corps cherche, sournoisement, à le fuir. Par exemple, si vous êtes assis par terre, les jambes allongées devant vous, les pieds à angle droit aux chevilles, les orteils vers le plafond, il vous sera probablement assez facile de sentir que vos jambes – l'arrière de vos cuisses et de vos genoux, vos mollets et vos chevilles – reposent sur le sol ou en sont assez proches. Ceci vous sera facile si vous êtes assis le dos voûté ou penché en arrière et si vous vous appuyez les mains, ou bien si vous avez le dos « droit », mais la nuque creuse, la tête tirée en arrière. Mais si je vous demande de faire le dos long, de bomber la nuque, de rentrer le menton et de laisser reposer les mains, les paumes en l'air, sur les cuisses, les jambes « tricheront » pour vous le permettre. Des creux apparaîtront derrière les genoux, et les pieds, incapables de garder leur position, se tortilleront. Les jambes se « raccourciront », elles lâcheront un peu de leur longueur pour la « prêter » au dos, à la nuque, au crâne, parce qu'il n'y a pas assez de longueur dans la totalité de la musculature postérieure qui va de la plante des pieds jusqu'au sommet du crâne (et qui agit, comme le démontre bien cette posture, comme un seul muscle) pour vous permettre de tenir cette position qui semble pourtant la simplicité même.

Qu'arriverait-il si vous essayiez, ne serait-ce que pendant quelques dizaines de secondes, de rester la tête haute, la nuque bombée, le dos droit *et* les jambes à plat par terre avec les pieds à angle droit ? Les muscles du ventre et du devant des cuisses se sentiront « agacés », ils se mettront en boule, se contracteront. Pourquoi ? Parce que pendant ces quelques secondes vous utilisez des muscles flasques et faibles du devant du corps comme pour la première fois. Faire des mouvements comme pour la première fois et peut-être réellement pour la première fois, voilà en quoi consiste l'anti-gymnastique.

Le travail en groupe est donc une occasion de faire de nouvelles expériences, de faire l'apprentissage, peu à peu, millimètre par millimètre, des possibilités de mouvement que votre corps ignorait jusqu'alors, de recommencer, tel un bébé, la découverte sensorielle de votre corps, parfois avec des « jouets » tout simples qui sont des balles et des bâtons. Mais si les découvertes du bébé sont récompensées par l'approbation de ses parents, surtout s'il « suit » le programme d'apprentissage conçu comme approprié à son âge, surtout s'il acquiert les automatismes attendus, bref surtout s'il plaît à ses parents, dans le travail de groupe il n'y a aucune approbation extérieure à attendre. Pour la première fois de votre vie vous êtes livré à vous-même, et pour beaucoup c'est le plus difficile, c'est trop difficile, c'est inadmissible. Être son seul approbateur, son seul système de valeurs, agir pour soi seul et non pas pour plaire ou pour faire « comme il faut » ou pour se conformer à une demande explicite ou non, voici l'apprentissage, terriblement ardu, que tous ont l'occasion de faire… ou de refuser de faire.

Mais le travail en groupe vous permet aussi de faire l'expérience d'un nouvel inconfort, expérience dont moi-même j'apprécie la valeur depuis relativement peu de temps. Bien avant de connaître Françoise Mézières qui m'a donné le fil conducteur de mon travail, j'étais l'élève de Suze L. et de Mme Ehrenfried, dont je parle dans *Le corps a ses raisons*. Elles cherchent à aider ceux qui participent à leurs groupes « à mieux vivre », ce qui consiste, en fait, à se sentir un peu mieux après chaque séance. Ce but ponctuel m'a toujours laissée insatisfaite. Je crois aujourd'hui qu'il peut être plus bénéfique de sortir d'un groupe plus mal à l'aise encore que lorsqu'on y est entré, car, si le mal-être en soi est nuisible pour celui qui n'en connaît pas la cause, la *conscience* du mal-être peut rendre le corps plus intelligent, l'inciter à trouver son équilibre tout seul. Mais jusqu'à maintenant, chaque fois que je suggérais à mes groupes qu'il serait intéressant de rester « boiteux » jusqu'à la séance suivante, il y avait de vives protestations. En refusant le mal-être « instructif », ils faisaient preuve d'un comportement stéréotypé. Et c'est normal : la structure comportementale ne peut changer avant que la structure corporelle ne change. Et voilà que nous arrivons à la question qui a précédé le nouveau travail que je fais dans mes groupes : si les changements corporels finissent par se voir, comment se rendre compte des changements dans la façon de vivre, de réagir, de se voir et de voir les autres, sinon en en parlant ?

J'ai donc suggéré à certains groupes qu'en plus de notre travail d'anti-gymnastique nous pourrions accorder un certain temps à la parole. Dans chaque groupe où je l'ai faite, cette suggestion a été accueillie par un silence… qui en disait long. S'il y eut des réticences, il n'y eut aucun refus de vive voix, tout au moins pas tout de suite, pas devant les autres. Pour refuser cette proposition, certains m'attendirent à la sortie. « Je ne viens pas ici pour parler, mais pour être bien. » Ou bien : « Parler, je peux le faire n'importe où, mais ce que je fais ici je ne peux le faire qu'ici. » D'autres, que je voyais pourtant chaque semaine depuis des mois, m'écrivirent, laissant leurs lettres sur mon bureau ou me les envoyant par la poste. « J'ai parlé pendant cinq ans en analyse. Je venais chez vous pour ne plus avoir à porter des semelles orthopédiques. Je ne viendrai plus. »

La semaine suivante, le travail avec parole incorporée commence quand même. Dans le premier groupe, la séance d'anti-gymnastique terminée, je propose aux participants de s'asseoir, leur dis que nous pouvons parler ensemble pendant une petite demi-heure. Ils s'assoient, certains prennent un temps fou pour le faire, et restent sur place, éloignés les uns des autres, certains devant, d'autres derrière, tous loin de moi. Je leur propose de se rapprocher, de se placer pour qu'ils puissent se regarder. Certains changent de position, d'autres pas. On dirait qu'ils ne se sont jamais vus, bien qu'ils travaillent sinon ensemble du moins dans le même espace depuis des mois. On dirait qu'ils sont embarrassés de se trouver là, face à moi, habillés de collants et de tricots, pieds nus devant des étrangers.

Je décide de prendre une petite initiative et leur demande ce qu'ils éprouvent maintenant, ce qu'ils ont éprouvé pendant la séance. Silence. On croise les jambes. On se prend la tête dans les mains. On se tripote le pied. On n'ouvre pas la bouche. Puis une téméraire se décide.

– Je me sens bien. La séance m'a fait du bien.

Une autre, l'air rassuré d'un acteur dépanné par un souffleur, dit :

– J'étais tendue quand je suis arrivée, j'avais mal à la tête, maintenant je ne l'ai plus.

Un jeune homme rougit et murmure :

– J'aime bien venir ici.

J'ai l'impression d'être devant de très jeunes enfants dont le seul souci – coûte que coûte – est de faire plaisir à leurs parents. Je dis :

– Vous me dites ce que vous croyez que je veux entendre.

Silence. Rompu enfin par une voix bougonne mais triomphale.

– J'ai mal à la nuque !

Puis un autre enfant rebelle prend courage :

– J'ai la tête qui tourne.

Re-silence.

J'étais surprise parce que j'avais été naïve. Ayant eu moi-même des difficultés avec la parole, j'avais pendant longtemps perçu les gens – les autres en général – comme ayant une grande facilité de parole. Surtout des Français qui – c'est bien connu – adorent discuter, échanger des idées, citer leurs maîtres à penser. Qu'en était-il de cette fameuse facilité de toute évidence disparue dès qu'il s'agissait de leurs personnes, de leurs sensations ? Je me suis dit que ce groupe-là était peut-être un peu particulier. Dans la même semaine, j'ai commencé deux autres groupes « parlants ». En tout, j'ai offert à trente-six personnes de tous les milieux, de tous les âges, des hommes et des femmes pratiquant des professions intéressantes, ayant fait des psychothérapies, fonctionnant activement dans la vie, l'occasion de parler d'eux-mêmes. Aucune ne l'a prise. Des mots sortaient… mais des plus banals, des plus conventionnels : des plaintes (« j'ai mal ici, là… »), des compliments pour moi et des réflexions plates, « objectives » de la part de ceux qui, par politesse je suppose, se sentaient obligés de dire quelque chose, n'importe quoi. Déconcertée, je me demandais si je devais abandonner ces tentatives dont la seule fonction semblait être d'embarrasser tout le monde. Mais je ne pouvais pas renoncer avant de mieux comprendre les raisons de ces paroles « décevantes », de ces silences butés.

Plutôt que de philosopher, de chercher des réponses dans les théories psychanalytiques, j'ai décidé d'interroger le corps même. Je n'ai pas trouvé de réponses définitives à proclamer sur les toits, mais en me creusant le cerveau, et c'est bien le cas de le dire, je me demande si la nullité verbale à la suite d'une séance de travail sur le corps n'aurait pas des raisons neurologiques. Le travail sur les sensations, sur les réactions neurovégétatives stimule les parties du cerveau – l'hypothalamus et le thalamus – qui ne sont pas concernées par la parole. En les sollicitant pendant une heure, peut-être faut-il laisser passer du temps avant que le cortex, centre des idées et des associations, soit disponible. Peut-être faut-il passer comme par un « sas », émerger d'un état où on était tout à son corps, tout proche de lui et, de ce fait, loin des mots, avant de pouvoir trouver les mots pour dire cette expérience.

Ce travail sur le corps fait-il retrouver au sujet cette brève période de sa vie d'avant le langage quand le corps était l'univers tout entier ?

Dans les semaines suivantes, j'ai laissé jouer le temps ; je ne sollicitais pas la parole si elle ne venait pas, ne réservais plus un temps précis pour elle. On pouvait parler ou non quand on voulait, avant les séances, pendant ou après. Et le temps fit un travail que je ne pouvais faire : les participants des groupes se mirent tout seuls à s'approcher les uns des autres, à se regarder, à avoir moins peur du ridicule, de dire « des bêtises ». Peu à peu la qualité de la parole évolua… celle du silence aussi.

De tout ce qui s'est dit depuis un an que nous travaillons de cette manière, « la parole » la plus impressionnante fut un silence. De vingt minutes. À la fin d'une séance, chacun s'installe pour parler, s'approchant l'un de l'autre, davantage qu'à l'ordinaire, me semble-t-il, et tous, sans que cette figure ait été convenue d'avance, en demi-cercle autour de moi. Mais personne ne dit rien et je me tais aussi. Le silence s'installe et s'épaissit comme du brouillard. Le temps passe. Personne ne s'agite, personne ne parle. Nous sommes tous dans le silence qui nous enveloppe, tous dans le même silence. Après vingt minutes, Cristelle, dont j'avais remarqué la pâleur au début de la séance, parle : « J'ai veillé mon père mort cette nuit. La communication était tout aussi impossible… »

Je ne sais pas ce qui émanait du corps de Cristelle et que nous avions tous senti sans pouvoir le dire, sans avoir à le dire, mais je sais que, dans les groupes où la parole est admise comme faisant partie du travail, il existe une possibilité de rapports profonds impensable autrement.

Pourquoi ? Que se passe-t-il quand on parle, ne serait-ce que par bribes, ne serait-ce qu'occasionnellement devant d'autres qui viennent de faire les mêmes mouvements, à leur manière ? Avant de répondre, revenons un instant aux mouvements et aux changements de la structure corporelle qu'ils permettent.

Quand le corps commence à changer et, avec lui, la manière d'être, on commence à ne plus se reconnaître et, de ce fait, à se sentir mal à l'aise. « Tout apport d'informations nouvelles tend en effet à déstructurer l'ensemble des connexions antérieurement établies, c'est-à-dire à une remise en question de soi-même... », dit Henri Laborit [1]. Quand on s'imagine avoir dépassé le point de non-retour sans pour autant savoir où l'on va, il peut survenir des questions angoissantes. Qui suis-je ? Qu'est-ce qui se cache en moi ? Que vais-je découvrir, devenir maintenant ? Mettre en mots ses angoisses confirme le chamboulement et le changement. Quand d'autres entendent vos mots, ces témoins de vos changements vous renvoient votre nouvelle image, la fixent, l'entérinent. Les autres ne donnent pas de réponses à vos interrogations, mais leurs regards et leurs remarques font que vous vous rendez compte que les changements que vous avez sentis, contre lesquels vous avez lutté pour ne pas les admettre, sont visibles de l'extérieur. Ils sont indéniables. À vous ou de continuer le chemin commencé, ou de vous braquer pour ne plus gagner du terrain, ou bien de vous détruire un peu en essayant de faire marche arrière.

L'histoire de Françoise, une fille hardie, sportive, toute simple aurait-on dit, illustre bien mes propos.

1. H. Laborit, interview dans le *Monde dimanche*, 16 décembre 1979.

Comme presque tous ceux qui participent à mes groupes, elle avait indiqué une raison précise de son désir : devenir plus souple pour pouvoir mieux faire du ski. Elle parlait avec passion du ski et, jusqu'à ce que Françoise « craque », je ne l'ai entendue parler de rien d'autre. Quelques semaines après son retour de vacances et après avoir fait partie d'un groupe pendant deux ans (dont un parlant), Françoise, amaigrie, le visage tourmenté, méconnaissable, demanda à me voir en tête à tête. Elle me dit alors sa peur de devenir folle. Elle osait à peine sortir de chez elle, était prise de panique dans la rue, oubliait sa destination. Sur « un coup de tête », elle avait rompu avec son fiancé (moniteur de ski, bien entendu). Elle laissait son téléphone décroché, ne voyait plus ses amis. Je lui suggérai de parler de son nouvel état dans son groupe. Elle ne me répondit pas, partit en me tendant une main moite. Inquiète, je me demandais si elle arriverait jusqu'au groupe le lendemain.

Elle arrive. Je ne commence pas tout de suite à décrire un mouvement mais, pendant que les autres attendent que je parle, j'attends que Françoise prenne la parole. En regardant fixement ses pieds, elle le fait, répétant devant les autres ce qu'elle m'avait dit la veille et ajoutant que le seul endroit où elle se sentait en sécurité, c'était là, parmi nous.

À la fin de son récit, trois ou quatre personnes se sont mises à parler en même temps, comme si l'histoire de Françoise était « l'entrée en matière » qu'elles avaient attendue. Maryse, qui avait annoncé auparavant que sa formation intellectuelle la rendait inapte à parler en groupe parce qu'elle ne pouvait qu'analyser avant d'ouvrir la bouche, lâchait tout à fait spontanément un « moi aussi ». Puis, elle se reprit. « Je veux dire, moi non plus, je ne sais plus où j'en suis. Par exemple, à la maison et au travail aussi quand j'étais contrariée, je boudais un moment puis je préparais ma vengeance qui prenait toujours la forme d'une réplique cruelle et insidieuse destinée à démolir mon adversaire. Ça marchait très bien, maintenant je ne peux plus le faire, je ne le veux plus. Les vieux mécanismes sont caducs, mais rien ne les remplace. Jamais de ma vie je ne me suis sentie aussi vulnérable. »

Anne, qui avait demandé de quitter un groupe parlant pour un groupe « muet » parce que étant comédienne « ma parole ne peut être qu'artistique » et en cela inappropriée aux échanges banals, cette même Anne, qui avait semblé habitée jusqu'alors seulement par les personnages qu'elle avait joués, dit d'une voix où se trahit pour la première fois l'accent de son village jusqu'alors « artistiquement » gommé : « Tu deviens très belle. » Françoise, étonnée, lève le visage et rencontre le regard d'Anne, elle aussi et pour la première fois, belle. « Je te regarde depuis des semaines et je vois changer ton expression ; ton visage se dénude. Quelque chose de vrai t'arrive. N'aie pas peur. » Et puis nous avons vu couler sur les joues non de Françoise mais de son interlocutrice des larmes qui n'étaient ni celles d'Andromaque ni celles de Desdémone ni celles d'aucun personnage fictif, mais celles d'Anne elle-même.

Mais qu'en était-il de la demande originelle de Françoise ? Que cachait cette demande nette et ingénue de se perfectionner à ski, c'est-à-dire de rester la même mais un peu mieux ? Je suis convaincue maintenant que toutes les demandes, quelle que soit leur formulation, sont les mêmes : « Aidez-moi à devenir la personne que je pourrais être si seulement je ne m'étais pas enfermé dans cette armure qui me tient maintenant prisonnier. » Mais comment exprimer cette demande profonde avant d'avoir fait au moins une brèche dans l'armure, puisque la cuirasse verbale semble plus hermétique encore que la musculaire ? Les mots justes, ceux qui touchent le fond et le remuent, ne viennent, me semble-t-il, qu'après le début du changement corporel, et souvent très longtemps après. Il arrive aussi que les mots, quand ils viennent, soient *trop* justes pour être dits à haute voix ; ils sont là, dans la bouche, mais la personne qui les dirait n'est pas encore prête à les entendre.

Récemment, j'ai suggéré à un groupe que, tout en faisant une suite de mouvements (couchés à plat dos ils dépliaient les jambes de diverses façons), ils pouvaient, sur l'expiration, dire une phrase, n'importe laquelle, la première qui leur viendrait à la bouche. Devant la gêne unanime, j'ai ajouté qu'ils pouvaient dire cette phrase à haute voix ou très doucement ou silencieusement, mais en bougeant les lèvres. On répéterait le mouvement plusieurs fois et la phrase avec. Ce qui fut fait… dans un silence total.

Après cette expérience, les participants se sont assis et je leur ai demandé la raison de leur silence. Une femme d'un certain âge dit :

– La phrase qui m'est venue était bête, banale. J'avais honte de la dire.

Une autre femme :

– La mienne aussi était une phrase banale. J'allais la dire mais du coup j'ai craint que, si je la disais à haute voix, elle se mette à vouloir dire quelque chose.

– Quelque chose que vous ne vouliez pas entendre ?

– Pas encore.

Un jeune homme plutôt volubile d'habitude, bon

conteur, qui guettait toujours sur le visage des autres l'effet de ses récits, dit :

– C'est parce qu'on était couché que je n'ai pas pu la dire. Si on avait été assis ou debout, j'aurais pu. Quand on parle au plafond, ce n'est pas pareil.

Un autre dit :

– J'avais peur d'être le seul à dire une phrase à haute voix. J'attendais que les autres commencent, qu'il y ait du bruit. J'imaginais que ma phrase était suspendue toute seule dans l'air et qu'elle pouvait me tomber dessus.

Une femme dit :

– Aucune phrase ne m'est venue parce que vous n'avez pas dit à qui il fallait la dire. Une phrase, c'est pour dire à quelqu'un.

Une très jeune femme :

– Aucune phrase ne m'est venue non plus. Je ne voulais pas parler, je voulais crier.

– Savez-vous pourquoi ?

Rougissante, elle répond :

– Je suis en train de lire *Le Cri primal.*

Que de drames, que de tourments pour une seule phrase, une phrase pas ordinaire, je l'avoue, parce que, de toutes celles possibles, elle seule est venue et parce qu'elle doit être dite en même temps que le corps découvre (ou ne découvre pas) une nouvelle possibilité de mouvement. La portée de ce mouvement double (dans le sens de la duplicité aussi) me fut assez dramatiquement démontrée par une femme qui, la semaine suivante, se plaignit des courbatures dans les jambes dont elle avait souffert pendant plusieurs jours après la séance.

– C'est la première fois que cela m'arrive. C'est à cause de ce mouvement des jambes. » Puis : « Non, c'est ma phrase qui m'a donné des courbatures. Elle était trop lourde.

Écouter les autres parler d'une partie ou d'une autre de leur corps peut réveiller en soi les zones qui faisaient le mort. Chacun parlant à des moments différents d'un niveau de sensation particulier, l'un s'intéressant à ses organes internes, l'autre à ses muscles, l'autre à sa peau, l'autre à ses perceptions de poids ou de chaleur, toutes ces expériences verbalisées stimulent les voies associatives de tous et les aident à reconstituer, élément par élément mais sans systématisation artificielle, leur corps dans sa totalité.

Parfois des mots lâchés « sans y penser », par une personne qui n'entend pas leur portée, produisent un déclic chez son voisin. L'un, avec des mots bien à lui, devient le porte-parole de l'autre. Quand X dit : « J'aime bien venir ici, je me sens en visite », c'est Y qui, au lieu de trouver ce propos inhabituel, réalise qu'il ne se sent chez lui que chez les autres, loin de sa famille étouffante : vérité impensable jusqu'alors.

À la fin d'un mouvement du bassin, je demande à chacun ses sensations. Renée chuchote :

– C'est formidable, je n'ai plus mal aux ovaires.

Walter, qui n'a jamais parlé d'autre chose que de ses tiraillements musculaires, murmure, rêveur :

– Je ne sais plus si je suis un homme ou une femme.

Cette interaction pudique et imprévisible de personnes qui ne s'appellent que rarement par leurs prénoms, qui ne se tutoient que par inspiration fugitive et qui ne se réunissent pas spécifiquement pour parler, peut avoir, me semble-t-il, une réelle valeur, je ne dirais pas curative, mais certainement thérapeutique, dans la mesure où chacun fait des choses ou s'entend dire des choses pour la première fois et, en cela, s'ouvre un petit peu plus vers lui-même.

Loin du « à tu et à toi » des groupes de rencontre, loin aussi du « tout dire » divanesque, la parole et l'écoute incorporées à une séance d'anti-gymnastique ont des qualités particulières. S'il est vrai que le fait d'être extrêmement attentif à son corps retarde la parole, j'ai l'impression qu'il avive et affine l'écoute. On est plus apte à saisir le dessous des mots qu'on dit même à la légère. Les propos des autres aussi, auxquels on n'aurait pas fait attention dans d'autres circonstances, sont plus finement captés dans cette situation où l'attention est le mot clef.

Même ceux qui semblent toujours rester à l'écart, n'interagissant qu'avec eux-mêmes, si l'on peut dire, ne sont pas seuls pour autant. Blanche, manutentionnaire dans une entreprise de cartonnage, maintient depuis des mois et avec une amertume croissante qu'elle « ne sent rien ». Un jour, à la suite d'un mouvement, elle donne l'impression de s'étrangler. Je m'approche mais, d'un geste de la main, elle m'arrête en chemin. Tout son corps est secoué de sanglots. Quand elle se reprend, elle s'excuse froidement : « J'ai pleuré parce que j'avais mal à l'épaule. » Des mois passeront avant que Blanche n'annonce, au beau milieu d'un mouvement et sans que les autres puissent comprendre pourquoi elle le faisait à ce moment-là, qu'elle s'était effondrée parce que « pour la première fois de ma vie, et je veux bien dire la première, je n'ai pas agi par automatisme ou par devoir. Je l'ai fait pour moi ce mouvement et j'ai eu plaisir à le faire. Avant je ne sentais rien parce que je faisais des mouvements automatiquement comme je faisais tout. Maintenant je ne supporte plus mon boulot de robot et je ne me supporte plus non plus. C'est du joli ». J'attend avec impatience les prochaines nouvelles de Blanche.

Certains qui participent à ces groupes depuis plus d'un an n'ont jamais pris la parole. Ils me parlent cependant, à moi, régulièrement, mais par lettre : « Je vous écris parce que, si je sais parler raison, je ne sais pas parler raisons. » Ou bien : « Auparavant, je parlais, croyant être pris à la lettre. Maintenant je comprends que c'est l'être qui est pris dans le piège de ses paroles. Je n'ose plus ouvrir la bouche. » Ou encore : « Faire les mouvements est déjà assez révélateur. Je ne peux pas me permettre de parler en plus. Mais voilà qu'en écrivant cela, je me rends compte qu'il y a sur cette page non seulement mes mots, mais aussi mon écriture : une multitude de petits mouvements certainement très révélateurs. Heureusement que je ne sais pas les déchiffrer, autrement je n'oserais pas écrire non plus. »

Puisque ceux qui participent à ces groupes parlaient entre eux ou tout au moins les uns devant les autres, puisqu'ils se regardaient franchement parfois quand ils se parlaient ou tout au moins se plaçaient de manière à pouvoir se voir, je me demandais s'ils ne pouvaient pas aller plus loin : jusqu'à se toucher, par exemple. Il peut sembler ridicule d'aborder cette possibilité avec tant de réflexion et de précaution. Les gens ne se touchent-ils pas à longueur de journée ? Ne se trouvent-ils pas en contact avec le corps des autres, qu'ils le veuillent ou non, chaque jour dans les transports en commun, dans la rue, au travail ? Les Français ne détiennent-ils pas le record mondial du « serre-mains » ? À quoi cela sert-il de proposer à des adultes qui ont des rapports professionnels, sociaux, sexuels, ce qui suppose qu'ils aient l'habitude de toucher et d'être touchés, à quoi cela sert-il que leurs corps entrent en contact aussi pendant les séances d'anti-gymnastique ?

Pour répondre à ces questions, je n'ai que d'autres questions à ajouter. Pourquoi se fait-il, chaque fois que je demande aux membres d'un groupe de marcher dans la pièce pour mieux sentir les changements qui ont pu se faire après une série de mouvements, qu'ils évitent toujours et avec grand soin de se toucher en passant ? Pourquoi me font-ils toujours penser à cette sculpture de Giacometti, *Square urbain*, où plusieurs figures marchent, chacune suivant son trajet à elle qui ne peut croiser celui d'une autre ? Pourquoi se fait-il qu'en marchant, jamais les membres d'un groupe n'échangent le moindre regard mais, au contraire, semblent vouloir éviter à tout prix de rencontrer les yeux d'un autre, bien qu'ils se soient peut-être regardés en parlant ? (Ils cherchent parfois mon regard, cependant, espérant, je suppose, y trouver de l'approbation ou des « tuyaux » qui leur indiqueraient ce qu'ils doivent sentir, les dispensant de laisser venir leurs propres sensations et perceptions.) Quelle conscience a-t-on vraiment des corps que l'on touche accidentellement ou parce qu'on ne peut éviter de le faire ou parce qu'on désire le faire ? Que peut-on savoir du corps d'un autre, même d'un corps qu'on dit connaître intimement ? Que sent l'autre quand il vous touche ? Qu'émane-t-il de votre corps qu'un autre peut percevoir ? Comment la conscience d'un autre corps peut-elle vous aider à mieux prendre conscience du vôtre ? Inutile de discuter de ces questions. Si réponses il y a, elles ne peuvent se trouver qu'entre corps.

Ainsi à la fin d'une séance je propose à un groupe de douze personnes de se mettre deux par deux et, une fois assises, dos à dos. Il y a de petits rires nerveux, quelques remarques qui se veulent désinvoltes dans le genre « Alors on fait comme à Esalen », des mouvements maladroits : on dirait des enfants à leur premier bal qui n'osent pas s'inviter à danser. Mais enfin six couples se forment et se placent dans la position proposée. Je leur demande de se mettre le plus près possible de manière à pouvoir sentir le dos de l'autre dans toute sa longueur. Il y a un bon moment d'ajustement avec des résultats surprenants.

S'il y a des couples assez droits, il y en a d'autres où l'un (pas forcément le plus lourd ou le plus grand) pousse son partenaire de façon que celui-ci soit plié en avant et lui penché en arrière ; d'autres n'ont qu'un point de contact : le haut du dos mais pas le bas, le milieu du dos mais pas l'arrière de la tête. Je leur demande de laisser tomber les deux bras à côté de leur corps et de prendre les mains de l'autre par-derrière dans les leurs et puis, sur la respiration, de lever les bras sans forcer jusqu'à une hauteur confortable pour les deux personnes. Puis je ne dis plus rien.

Après quelques instants, il y a le fou rire d'une femme qui lâche les mains de son partenaire, s'écarte de lui et se plie en deux, cachant son visage contre ses genoux. Un autre se met à respirer si fort qu'on n'entend que lui. D'autres sont si absorbés qu'ils n'entendent pas quand je suggère qu'ils commencent à laisser descendre leurs bras. Quelques instants plus tard, quand je suggère aussi qu'ils s'éloignent les uns des autres, certains restent toujours dos à dos ou se séparent de très peu, lentement et comme à regret.

Je demande alors ce qu'ils ont éprouvé pendant cette petite expérience. Ils mettent longtemps à répondre, personne ne semble vouloir commencer. Finalement c'est la femme au fou rire qui dit :

– Je n'ai pas pu. C'est trop… trop compromettant.

Une autre dit :

– J'ai senti l'énergie de Paule. Enfin je suppose que c'était son énergie, c'était comme de la chaleur mais en petites vagues. Moi, je me sentais comme une machine à mesurer de l'énergie.

– Et Paule, qu'est-ce que vous avez senti ?

– Rien. Un mur. » Puis, polie, elle se tourne vers sa partenaire : « Je regrette.

Je demande aux deux personnes qui étaient penchées l'une en arrière, l'autre en avant, si elles avaient eu l'impression d'avoir le dos long, droit. Elles répondent à l'unisson : « Oui. »

Une femme, bon chic bon genre même en collant et tee-shirt, dit :

– Quand nous avons levé les bras ensemble, je me suis laissé porter par Noëlle, nous l'avons fait sur sa respiration à elle. C'était (un temps) érotique, voilà. » Puis elle ajoute : « Bien que Noëlle soit une femme », comme pour souligner l'invraisemblable de l'expérience.

– J'ai senti que les omoplates de Christiane sont… plates, et que les miennes sont pointues. Appuyé contre elle, j'avais l'impression de pouvoir me voir de dos, dit un jeune homme.

Christiane :

– Je veux bien qu'on fasse des mouvements dos à dos, mais j'espère que vous ne nous demanderez jamais de faire des choses à deux face à face.

La femme au fou rire ne peut se retenir :

– Ça alors, si vous faites ça, je ne viendrais plus.

Pourtant c'est exactement ce que j'ai proposé non

pas la semaine suivante pour n'affoler personne, mais quelque temps après.

Vers la fin d'une séance sans histoires, tous sont debout. Je propose que chacun se tourne vers la personne la plus proche et qu'ils s'assoient face à face, les genoux pliés, les pieds par terre. Il y a un « Ça y est, elle remet ça », à peine audible, mais aucun refus. Je demande qu'ils laissent les bras le long du corps, le dos des mains reposant sur le sol, les paumes en l'air, et qu'ils allongent le dos, bombent la nuque, rentrent le menton et tiennent la tête haute comme si, depuis la fontanelle arrière, un fil l'attachait au plafond. Puis je leur demande de prendre les mains de leur partenaire et de se regarder droit dans les yeux. C'est tout. Je ne dis plus rien. Je laisse passer le temps. Beaucoup, énormément de temps : dix minutes.

Peu le supportent. La dame au fou rire se lève avant que la première minute soit écoulée, s'habille et s'en va. (Le soir même elle m'appellera pour me demander d'urgence une séance individuelle. « Je crois que je suis gravement malade. Dedans. ») Dans le groupe, certains se mettent à regarder le plafond, le sol, leurs genoux. Un homme se met à trembler. Je vois qu'il écrase dans les siennes les mains de la femme en face de lui. Elle se laisse faire, ne le quitte pas des yeux. Une autre femme a le visage baigné de larmes. À la fin des dix minutes, je dis « voilà », et attends qu'ils changent de position, qu'ils parlent s'ils en éprouvent le besoin. Ils l'éprouvent.

– C'est la première fois que je regarde quelqu'un droit dans les yeux. Pour si longtemps, je veux dire. C'est inhumain.

– On dit qu'on se noie dans le regard de quelqu'un.

C'est vrai. Je voyais passer devant mes yeux les événements de ma vie, comme si je me noyais.

Une femme dont le visage avait été tordu de colère, me dit :

– Je vous en veux de m'avoir obligée à faire ça. Je n'ai rien à voir avec elle », indiquant du doigt la jeune femme que je l'avais forcée à regarder.

Une autre femme est tout aussi furieuse :

– Je vous ai fait confiance jusque-là. Mais trop c'est trop. Je n'accepte plus que vous m'aiguilliez.

Je remarque qu'elle emploie une drôle d'expression. Pendant un instant, elle semble perplexe elle-même. Puis elle me regarde les yeux grands ouverts d'horreur et dit :

« Quand j'avais trois ans, j'ai eu l'œil percé. Par une aiguille.

Un jeune homme ne supporte pas le silence qui suit :

– J'ai remarqué que Sophie a un œil plus petit que l'autre, plus pincé : un œil triste et un œil gai. Puis j'ai vu qu'elle a deux visages très différents, un visage gauche et un visage droit. Moi, je regardais son visage droit, celui qui semble gai, ouvert en tout cas. Mais j'avais l'impression qu'elle, elle me regardait surtout avec son œil triste.

– Et votre visage ?

Il paraît étonné :

– Mon visage ? Je ne sais pas comment il est. » Puis, comme rassuré par cette certitude : « Mais je sais que je ne l'aime pas.

Une femme se retourne vers celle avec qui elle avait travaillé :

– Je me sentais très bien au début de la séance, mais sous votre regard j'ai commencé à avoir le cœur qui battait fort, mon sang aussi je le sentais battre dans mes artères.

L'autre ne regarde plus son interlocutrice, mais hausse les épaules et chuchote : « Je sais. »

Serait-ce à cause de ces deux mots que, pendant toute une semaine, la première femme gardera le lit ? En tout cas, quand elle en parlera plus tard, ce sera dans une grande confusion.

« J'étais prise. Enfin, je veux dire, congestionnée. Peut-être était-ce une de ces grippes qui viennent on ne sait d'où. » Puis : « Vous y croyez vous au mauvais œil ?

À la fin du premier trimestre, je suggère que les participants essaient de raconter la façon dont ils avaient vécu cette nouvelle expérience.

Une femme qui, jusque-là, n'avait pas dit un seul mot s'exprime enfin :

– Décevante. » Invitée à en dire un peu plus, elle ajoute : « Il y avait un décalage entre la profondeur de mes sensations et la superficialité de votre parole.

Un homme lui demande pourquoi elle n'avait fait aucune tentative pour dire la profondeur de ses sensations.

« Je ne suis pas venue pour parler, mais pour écouter.

– Vous êtes espionne ?

La femme ne bronche pas :

– Journaliste.

– Vous allez faire un article ?

– Peut-être.

– Ce n'est pas la peine. Il sera mauvais, dit l'homme, excédé.

Une autre femme commence en disant :

– Nous le groupe, nous… », mais elle est immédiatement interrompue par une autre :

– Nous le groupe, ça n'existe pas. Nous ne nous sommes pas groupés. Nous ne sommes que des individus isolés qui se trouvent dans le même lieu en présence de Thérèse Bertherat. Un groupe se justifie quand le but est d'accomplir quelque chose de plus grand que les individus qui en font partie. Un orchestre, par exemple, une troupe de théâtre. Moi, je ne travaille ici que pour moi et quand je parle je ne m'adresse qu'à moi-même et à Thérèse Bertherat.

Je lui rappelle que souvent je ne dis rien et que ce sont les autres qui lui répondent.

« Ça ne fait rien, maintient-elle, c'est comme si c'était vous.

Je lui demande si elle a l'intention de continuer dans ce groupe qu'elle ne considère pas comme en étant un.

« Bien sûr.

– Pourquoi ?

– Parce que nous ne sommes… je veux dire, je ne suis qu'au début.

Un homme d'affaires d'un certain âge, qui avait auparavant participé aux groupes non parlants, dit :

– C'est seulement dans ce groupe que les autres comptent pour moi. Bien que nous ne nous voyions qu'une heure par semaine et bien que nous n'ayons pas de rapports qu'on puisse appeler étroits, je pense souvent aux autres. Je m'intéresse à eux, en fait, davantage qu'à la plupart des personnes que je vois tous les jours.

Une femme souffrant de maladies diverses que, tristement triomphale, elle appelle « psychosomatiques » comme si, ayant trouvé ce mot, elle pouvait mettre fin à ses interrogations, cette femme se tourne vers une autre :

– Je ne sais pas votre nom, mais j'ai rêvé de vous. Vous étiez en danger et j'ai essayé de vous porter secours. C'était toute une aventure. C'est la première fois de ma vie, autant qu'il m'en souvienne, que je fais un rêve d'aventure. Mes rêves sont toujours ennuyeux, gris, comme ma vie de tous les jours. » Puis, cette après-pensée : « Je n'ai pas de fantaisie. Je n'ai pas non plus de fantasmes. Ma seule vie en dedans, ce sont mes maladies.

Comme pour ne pas rompre trop brutalement le silence qui suit, un jeune homme grave dit d'une voix à peine audible :

– Ici il y a parfois des moments fugitifs, précieux, parce que l'on sait qu'ils sont rares et ne peuvent durer. Comme il y a parfois dans la vie des rencontres passagères, momentanées où, en présence d'un inconnu, on se sent très proche de ce qui est vrai en soi. On le sent et parfois, avec quelques mots, on le dit, je ne sais pas pourquoi, à cause d'une douceur dans l'air, d'une qualité de la lumière, d'une ambiance insaisissable, ou de quelque chose dans la façon d'être de l'autre. On dit une phrase ou deux qui font que l'autre, qu'on ne verra plus jamais, vous connaît mieux que ceux qui vous entourent et mieux que vous ne vous connaissez jusque-là. Cela m'est arrivé une fois dans un train en Espagne et une autre fois dans un bar à New York et parfois, quand je suis ici, je retrouve l'heureuse étrangeté de ces moments-là.

De ces anecdotes fragmentaires, plus ou moins émouvantes ou saisissantes, je pourrais remplir des pages et des pages encore. Mais mon propos n'est pas de constituer un dossier sur la fragilité humaine ou sur cet aveuglement dont nous prenons seulement conscience, plus tard, à la lumière d'un mot ou d'un mouvement. Je voudrais essayer de bien comprendre la valeur des nouvelles expériences qui se font dans mes groupes et de voir les différences entre ce travail qui n'a pas de nom et les thérapies aux appellations tellement suggestives…

Dans mes groupes nous ne faisons ni du gestuel ni de l'émotionnel ni du rituel ni du confessionnel, ni du symbolique ni du psychologique ni de « l'ombilique ». Je ne prétends pas que les groupes représentent un microcosme ou une macrofamille. Personne ne vient chez moi appelé par une promesse de copinage, de maternage, de communion béatifique. Quand c'est cela qu'ils cherchent, ils vont ailleurs. Pourquoi viennent-ils alors ? Quand, dans l'entretien qui précède l'entrée en groupe, ils parlent de leurs raisons de vouloir venir, ces raisons sont souvent très limitées, ne laissant pas deviner leurs raisons profondes. Une personne à la fois perplexe et lucide m'a dit : « Je ne sais pas pourquoi je veux venir sinon pour apprendre pourquoi je veux venir. » Mais souvent, comme Françoise, ils disent vouloir venir pour être plus souples pour pouvoir mieux pratiquer un sport, pour se sentir mieux dans leur peau, pour faire quelque chose pour leur corps, le « débloquer », le rendre plus beau. D'après ce qu'ils ont compris de ce qu'ils ont lu, en venant ils ne courront aucun danger. Chacun, seul dans son coin, fera des petits mouvements qui pourraient lui faire du bien. S'ils s'adressent à moi, c'est parfois parce qu'ils craignent le travail en groupe proposé ailleurs ou parce qu'ils n'ont pas confiance dans les artifices utilisés : ils ne veulent pas jouer le jeu de la Vérité, faire des exercices théâtraux, excentriques, ajouter un « atelier » de plus à leurs activités. Ils ne veulent pas non plus risquer de s'exposer trop.

Ce qui leur arrive dans mes groupes ne peut être qu'imprévu. Une heure de groupe se passe, au fond, comme n'importe quelle heure de la vie. Nous ne savons pas ce qui peut nous arriver, ce que nous allons éprouver, ce que nous allons apprendre ou désapprendre. Nous ne savons pas d'avance si la vision que nous avons de nous-même va être confirmée ou si l'heure apportera une petite secousse à nos certitudes. Comme chaque heure de la vie peut s'avérer être la dernière, chaque heure peut aussi devenir, d'une certaine manière, la première : celle où l'on comprend quelque chose, quelqu'un, soi-même pour la première fois.

Définir le terrain d'un travail, c'est limiter ses possibilités ; c'est permettre à ceux qui y viennent de se préparer à l'avance, de mettre en marche leurs vieux mécanismes, de rendre disponible la partie d'eux-mêmes dont il s'agira, d'arriver avec tout un bagage d'illusions. Quand il y a un programme, ceux qui viennent travailler se préprogramment ; ils entrent, le temps du travail tout au moins, dans un système.

En tant que thérapeute, je ne peux respecter qu'un seul système : le système nerveux. C'est une merveille de raffinement et de délicatesse – « le plus grand poète possible », dit Paul Valéry [1] – dont il faut essayer de faire un usage digne des possibilités humaines.

Aujourd'hui, dans une même séance de ce que je continue à appeler, me méfiant des labels prometteurs et programmateurs, anti-gymnastique, il est possible de faire plusieurs sortes d'expériences, sans que le

1. P. Valéry, *Humanités*, Paris, Gallimard, coll. « La Pléiade », 1959, p. 335.

déroulement de la séance soit connu d'avance par les participants du groupe ou par moi-même et sans que les mêmes expériences soient proposées à chaque reprise. (Contrairement à ce que certains, que je ne connais pas personnellement, affichent sur leur carte de visite et leur publicité, il n'y a pas une « méthode Thérèse Bertherat » qui peut être pratiquée par d'autres que ceux qui ont la même formation de base que moi et qui travaillent en permanence en collaboration avec moi.)

Dans un groupe aujourd'hui, l'on peut, en n'étant attentif qu'à ma voix et à son corps, faire des mouvements infimes et nouveaux qui peuvent mener vers la restructuration du corps entier, une fois qu'on comprend, de l'intérieur du corps, les lois qui régissent ces mouvements. On peut se surprendre à dire, non pas le fond de sa pensée (qui n'est faite peut-être que d'idées reçues, stockées depuis l'enfance), mais une vérité inouïe... et cela devant des témoins ayant un pouvoir de ratification. On peut faire un apprentissage dans l'art de se voir et de voir les autres, dans l'art de lire la forme du corps, de voir les relations entre le haut et le bas, le dessus et le dessous, le dedans et le dehors, le côté gauche et le côté droit. On peut affiner ses perceptions tactiles en touchant quelqu'un d'autre et en étant touché par lui. Bref, on peut recevoir de soi-même et de l'autre de nouvelles informations, des informations de base qui favorisent la santé, l'intelligence et qui ouvrent les champs de l'imagination.

Ce sont de très petites expériences. Certaines font un effet de choc, d'autres ne s'assimilent qu'à la longue. Tout comme des mouvements d'anti-gymnastique, on peut les appeler des préalables, des premiers pas. Mais puisque je ne propose qu'un travail de base, on peut être tenté de déduire qu'il est valable seulement pour ceux qui n'ont jamais fait d'autres thérapies, ceux qui sont au tout début de la connaissance d'eux-mêmes.

Mais dans ce cas, comment expliquer le trouble ressenti dans ce travail par ceux qui sont en analyse, par ceux qui ont fait la tournée des centres psychocorporels ? Comment expliquer leurs réactions qui les étonnent eux-mêmes ? Pourquoi, devant des propositions très simples, deviennent-ils si timorés ? Serait-ce plus facile, d'une certaine manière, de se coucher sur le dos sur un divan que de se mettre dos à dos avec une autre personne ? Serait-ce plus admissible de parler de son corps quand il est habillé, chaussé, ceinturé, cravaté, cloué sur un étroit divan que lorsqu'il vient de faire des mouvements qui l'ont éveillé, troublé dans ses habitudes ? Serait-ce plus facile de tordre une serviette entre ses mains [1] que de tenir dans sa main celle d'un autre, de donner des coups de pied dans un coussin[1] que de se tenir solidement debout, bien appuyé au sol ? Serait-ce moins risqué de pousser un cri[1] que de laisser sortir de sa bouche des mots dont on n'entend la portée que plus tard ?

Bien sûr, tout le monde n'est pas bouleversé par ce travail. Mais souvent ceux qui sont depuis longtemps à la recherche d'eux-mêmes y trouvent la confirmation des découvertes faites ailleurs, la preuve de leur confusion mentale dans leur confusion musculaire et nerveuse, ainsi que la preuve de la cohérence – positive ou négative – de tous les aspects et expressions de leur être.

1. On aura reconnu là des exercices en usage en bio-énergie, végétothérapie, etc.

Il y a cependant des gens pour qui tout ceci ne peut être que décevant et même méprisable. Ceux qui se fixent un but et un temps limité pour y arriver n'apprécieront pas ce travail dont je sais qu'il est à ses débuts sans avoir les moyens de savoir, pas mieux que ceux qui participent aux groupes, jusqu'où il pourrait aller. Seront déçus aussi ceux qui croient qu'un jour ils vont pouvoir crier « Eurêka ! » parce que, d'un seul coup d'un seul, tout tombera en place. Ils croient à la révélation « une fois pour toutes » de leur vérité profonde. Moi, je ne crois pas qu'il y ait de révélation « une fois pour toutes », mais une révélation permanente, un long travail aussi subtil, aussi fin, aussi complexe qu'un être humain.

Il me semble approprié de clore ce livre si interrogatif sur une dernière question : « Un livre sur le corps, aussi clair qu'il soit, peut-il être bien lu ? »

Si la question surprend de la part d'une personne qui termine son deuxième livre sur le corps, la réponse surprendra plus encore. Elle est négative. Je ne crois pas qu'un livre qui tente de rapprocher le lecteur de *son corps tel qu'il est* puisse être bien lu, c'est-à-dire lu comme il a été conçu. Je ne crois pas que même le lecteur le mieux intentionné puisse reconnaître son corps réel à travers des mots écrits. Comment pourrait-il se lire dans un livre s'il ne peut lire l'histoire de sa vie dans son corps ? Comment le pourrait-il, lui qui n'accepte pas comme sien le corps qui lui fait face dans un miroir ? Dans un livre c'est toujours du corps d'un autre qu'il s'agit car, dans la lecture comme dans la vie, le corps est vécu comme autre qu'il n'est.

Si le lecteur s'identifie à un corps décrit et évoqué à travers des mots, c'est qu'il lit dans ces mots son corps rêvé. À toute lecture nous apportons notre part de rêve et à la lecture d'un livre sur le corps c'est notre corps rêvé que nous apportons. C'est pourquoi je soupçonne que les seuls livres sur le corps qui puissent être bien lus sont des livres de fiction, et tout particulièrement des livres érotiques qui s'adressent justement au corps rêvé du lecteur. Ils lui tendent une invitation au voyage vers un pays qui ressemble à ses fantasmes, invitation que le lecteur ne peut accepter qu'à condition de laisser derrière lui son corps réel qu'il retrouvera, inchangé, au retour.

Pourquoi donc, si je crains qu'il ne puisse être bien lu, écrire un deuxième livre sur le corps ? Parce que je crois que nous gardons notre distance à notre corps réel, lui préférant notre corps rêvé, non seulement parce que nous ne voulons pas le reconnaître tel qu'il est, mais surtout parce que nous répugnons à reconnaître qu'il est changeable. À l'aise avec l'image familière de notre corps tel que nous concevons qu'il aurait pu ou aurait dû être, nous nous sentons menacés par l'idée du corps que nous pourrions réellement avoir.

Ainsi j'ai écrit ce livre pour mettre le lecteur face à sa résistance au changement et pour lui suggérer une voie d'accès vers son corps possible, ce corps qu'il désire autant qu'il le craint. Mais je l'ai aussi écrit pour poser directement au lecteur cette question de la possibilité de bien lire un livre sur le corps réel. Car qui pourrait-elle concerner sinon vous qui venez de lire un tel livre ?

Pour vous permettre de travailler seul ou avec une autre personne, je vais tenter de vous décrire certains préalables avec tous les détails et toutes les précisions possibles. Si vous êtes extrêmement attentif à mes mots ainsi qu'à votre corps, ils vous aideront à mieux comprendre la forme parfaite de votre corps, les déséquilibres énergétiques qui vous tiennent éloigné de cette forme virtuelle, et comment vous pouvez vous en approcher.

J'ai tenu à ce qu'il y ait des illustrations, non pas pour que vous imitiez les positions reproduites, mais pour que vous puissiez mieux visualiser ce qui vous arrive quand vos muscles postérieurs raccourcis vous empêchent de faire les mouvements. Illustrées aussi sont les positions que votre corps serait capable de prendre s'il tendait davantage vers la forme parfaite : c'est-à-dire, si votre musculature postérieure avait la longueur nécessaire et si les muscles du devant de votre corps avaient la possibilité de se contracter.

J'ai bien dit : *se contracter*. Le travail que je vous propose n'est pas de la « décontraction », de la détente, loin de là. Il s'agit d'équilibrer les forces musculaires du corps : en allongeant les muscles de l'arrière du corps vous ferez forcément contracter ceux du devant. Ainsi dans certains mouvements les muscles du devant des cuisses, les muscles du ventre seront sollicités et pourront se contracter intensément. Dans ce cas, il ne faut pas croire que vous vous faites mal ou que vous faites mal le mouvement ; il ne faut pas croire que votre corps entier se contracte, mais observer ce qui se passe réellement, ce qui se contracte. Certaines contractions sont bénéfiques, indispensables au port normal de votre corps. Elles sont, cependant, inhabituelles. « Inhabituel », d'ailleurs, est un des mots clefs de ces mouvements. Si vous les faites avec attention, vous solliciterez les zones mortes de votre corps, ces muscles flasques qui n'ont pas l'habitude de bouger, que la mauvaise organisation de votre corps empêche de bouger. Je vous propose donc un travail rude, neuf, qui ne fait pas plaisir. Votre seul plaisir sera d'être informé sur vos rétractions, vos torsions, les évitements, les accommodements et les détours de votre système nerveux. Et cela à travers des positions élémentaires qui sont celles justement que, habituellement, vous évitez de prendre sans même vous en rendre compte.

Plus vous êtes sensible à ce que vous faites, plus vous vous observez avec rigueur, plus vous recevrez d'informations. « Il y faudrait un ordinateur », se plaignent parfois ceux qui participent à mes groupes, sans soupçonner que leur système nerveux est capable bien mieux qu'un ordinateur de recueillir, de synthétiser, de redistribuer à leur organisme entier ces informations nouvelles. Soyez prévenu : les informations pouvant vous parvenir pendant ces mouvements peuvent s'avérer être le commencement d'un changement dans votre organisation nerveuse et musculaire. En tout cas, aucun changement durable ne peut survenir sans elles.

Pour faire le travail qui suit, je vous recommande d'être pieds nus, jambes nues, aussi nu que possible en fait, car il est important de pouvoir vous voir, d'observer la forme de votre corps. Si possible, ne faites pas les mouvements livre en main… Dans la première partie du travail il s'agit de vous informer sur les contacts et appuis de votre corps sur le sol quand vous êtes debout, assis ou couché. (Certains de ces mouvements demandent comme accessoire un bâton d'un mètre de long et trois centimètres de diamètre, une bille ou une noix.) Après, il y a un travail sur les yeux, la bouche, la voix, le haut du corps et le contact avec une autre personne. Quel que soit le mouvement, il s'agit de le faire non pas dans le but de le « réussir », mais dans celui de vous observer avec une rigueur tout à fait… inhabituelle.

Commençons le travail « à la base ». Comment tenez-vous sur vos pieds ? Être bipède vous paraît normal. Depuis la première année de votre existence, vous vous êtes adapté à cette position périlleuse. Mais je remarque que cette adaptation à une position dressée sur deux pieds est rarement bonne. Elle demande trop d'efforts à notre système nerveux, à notre système musculaire. Elle est excessivement coûteuse, gaspille nos forces. À la longue, elle fait souffrir et détériore nos articulations, notre squelette, tout notre organisme.

Le petit d'homme mûrit lentement, et cependant il semble avoir manqué d'informations sensorielles. Sa vue, son toucher et son odorat semblent ne l'avoir renseigné que très pauvrement sur son environnement.

« Je me sens orphelin », me dit un garçon qui faisait un travail de contact avec le sol dans un de mes groupes. En effet, le premier contact du petit d'homme s'établit avec sa mère. Dès qu'il est assez mature, il s'en détache. Mais ce qu'il ne devrait jamais perdre, c'est le contact avec la terre mère. Je parle d'un contact tangible, concret : le contact réel de son propre corps avec la terre. Ce contact est indispensable à notre équilibre : il nous dynamise. Notre contact avec la terre nous renvoie notre propre énergie.

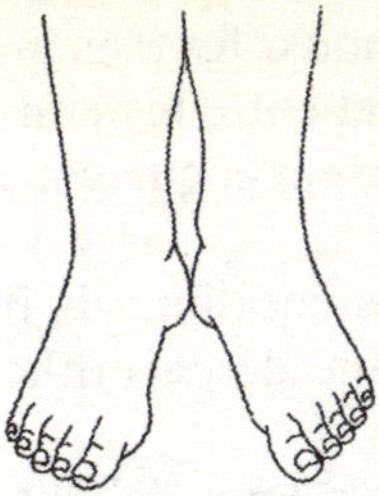

1. En position debout, pieds nus, vous est-il possible de réunir les deux pieds, les bords internes se touchant ? Peu de gens semblent savoir si les bords internes de leurs pieds se touchent ou non. Les torsions et rétractions de leur corps ne le leur permettent pas ; mais ils ne le savent pas. L'organisation de leur système nerveux est telle qu'ils ne se mettent jamais en position de le savoir.

Ils croient, affirment, avoir les pieds joints quand un pied est de travers, les orteils louchant vers l'extérieur, ou bien quand les pieds sont écartés ou seulement quand les talons sont joints.

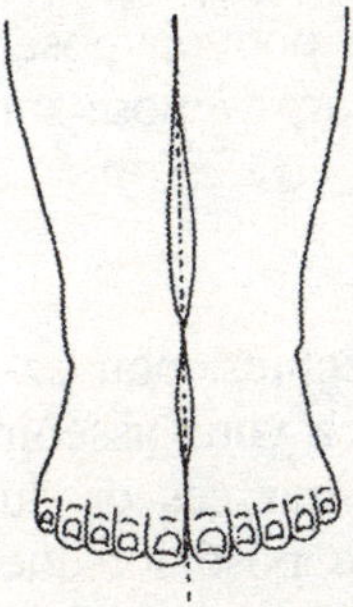

Pourquoi cette position, les pieds joints, est-elle si difficile ? C'est la seule position qui peut vous renseigner sur votre contact *réel* avec le sol. Tous les orteils dans cette position devraient pouvoir s'allonger et s'appuyer par terre et non seulement le « coussinet », entouré la plupart du temps de peau morte parce que seul à recevoir le poids du corps.

Le bord externe, le talon devraient reposer au sol. Seule la voûte interne du pied devrait être souplement, sinueusement relevée. Mais la tête du premier métatarsien doit, elle, revenir, s'appuyer au sol.

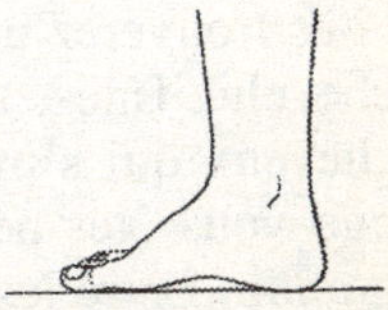

La première fois que vous essaierez de faire ce mouvement, très probablement vous abandonnerez aussitôt parce que les chevilles s'écrasent l'une contre l'autre et vous font mal ou parce que les genoux, tournés en dedans, vous gênent, comme un paquet entre les jambes, ou bien parce que les reins se creusent et que vous perdez l'équilibre.

Nous verrons plus loin pourquoi cet équilibre-là, il vaut mieux le perdre. C'est un équilibre de pacotille, faux et trop coûteux.

Mais, habitué à cette lutte pour vous tenir debout, vous direz sans doute : « Cette position n'est pas naturelle. » Effectivement, elle n'est pas « naturelle » aux faux plis de vos muscles et aux circuits habituels de votre système nerveux. Elle ne fait qu'accentuer, mettre en évidence ces faux plis jusqu'à ce qu'ils ne soient plus tenables. Est-il naturel d'ailleurs de marcher sur la terre sans pouvoir vraiment y poser les pieds ? Est-il naturel de s'asseoir sans pouvoir poser les fesses, de se coucher sans que le corps repose sur le sol ?

2. Assis sur le sol, jambes à demi fléchies, pouvez-vous sentir vos ischions ? Vous pouvez vous asseoir dans les paumes des mains pour repérer ces os du bassin, sur lesquels vous devriez être posé lorsque vous êtes assis. Maintenant essayez de repérer la fontanelle postérieure. En haut du crâne, vers l'arrière, vous trouverez une minuscule dépression sous le cuir chevelu. Tâtez, triturez un peu, tirez une mèche des cheveux qui s'implantent à cet endroit. C'est par là que vous êtes né. Maintenant c'est par là qu'il faut grandir. Entre les ischions et la fontanelle, essayez de vous ériger vers le ciel. Posez les mains sur les cuisses, paumes en l'air. Puis allongez les jambes jointes et poussez les talons le plus loin possible des ischions. Quel est le contact des fesses avec le sol ? Des cuisses ? Des genoux ? Des mollets ?

Entre ces trois repères – fontanelle, ischions, talons – le corps peut-il former un angle droit ? Ce serait l'étirement parfait. Mais il y a bien des chances que les lombes, sollicitées en étirement, refusent et que votre nuque se creuse. Lorsqu'il s'agit de grandir, on lève le visage, les yeux, peut-être parce que c'est la seule partie de la tête que l'on connaisse un peu.

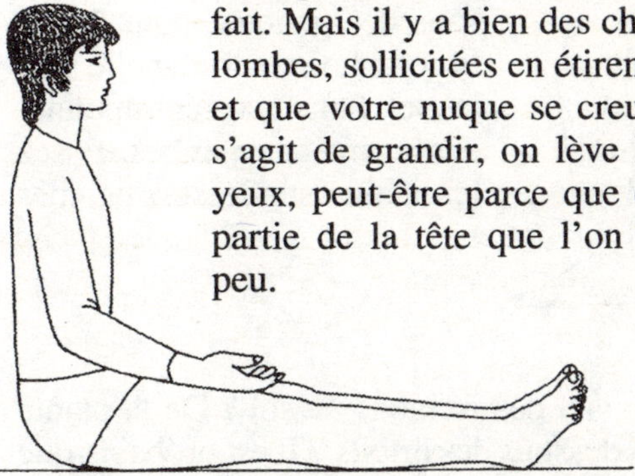

En réalité, en faisant ainsi on ne fait que se raccourcir la nuque. Encore une fois, tout se passe *derrière*. La pulsion du mouvement devrait venir de la colonne entière, de l'arrière du crâne. Mais il y a beaucoup de chances pour que, si vous arrivez à ériger la colonne, les jambes se tortillent et se raccourcissent, genoux en dedans, pieds en dehors. Les genoux se soulèvent. Impossible de trouver un appui sur le sol.

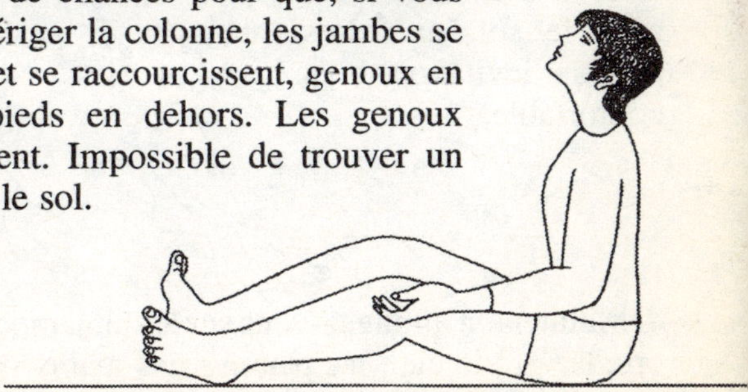

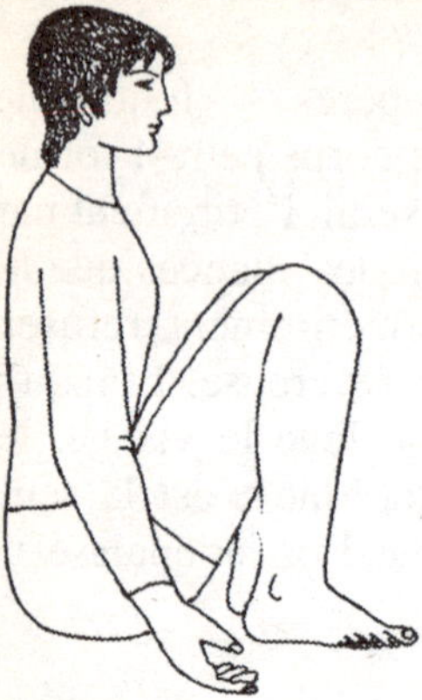

3. Toujours assis sur les ischions, fléchissez les jambes et essayez de poser les pieds à plat sur le sol, talons au-dessous des genoux, pour ériger la colonne et la fontanelle vers le ciel. Sans vous cramponner des mains aux jambes. Posez les mains sur le sol, paumes en l'air.

Quel est le contact des ischions au sol ? De la plante des pieds ? Du dessous des orteils ? Il est probable que les raccourcissements des muscles des lombes ne vous permettent pas cette position. Les genoux s'écartent. Vous tombez en arrière. Vous poussez le menton en avant, raccourcissant la nuque pour essayer de compenser l'incroyable force de résistance du dos.

Vous n'avez aucun contact avec le sol, ni fesses, ni talons : lévitation bien inconfortable.

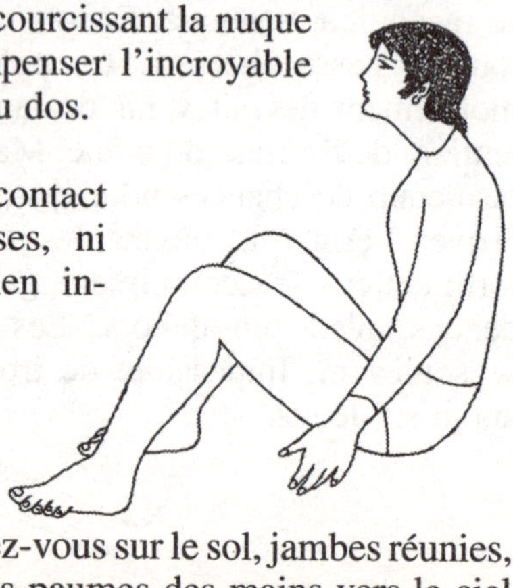

4. Maintenant allongez-vous sur le sol, jambes réunies, orteils vers le ciel, les paumes des mains vers le ciel aussi, les bras touchant le corps par leur face interne. Le crâne est dans l'alignement de la colonne. Les jambes et les pieds sont dans l'alignement de la colonne. Traversant cet axe longitudinal, deux lignes perpendiculaires : celles des épaules et du bassin. Les bras sont parallèles à la colonne.

« Mais je ne suis pas une figure de géométrie ! », protestez-vous peut-être.

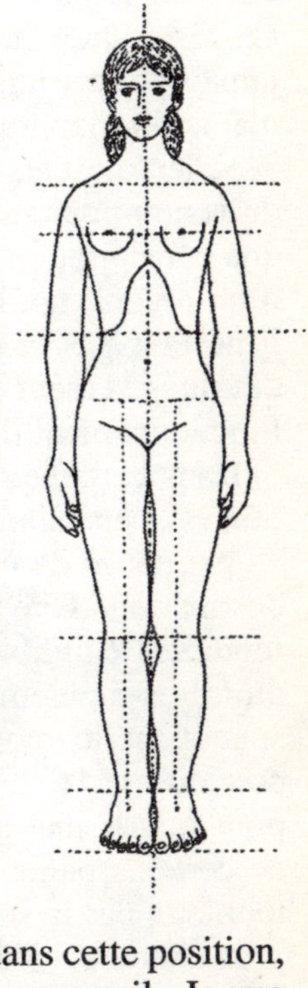

Certes non, mais l'architecture de la charpente est géométrique et symétrique, et les muscles devraient vous laisser la possibilité d'étendre les membres ainsi, dans le sens de la longueur. Il est fréquent, cependant, que les rétractions des trapèzes, du haut du dos ne permettent pas aux bras de se rapprocher du corps. Si les jambes sont réunies, le dos se creuse davantage et les côtes se soulèvent. Pendant quelques secondes, essayez de savoir si les raccourcissements des muscles vous laissent quelque liberté de vous reposer au sol. Sachez que les régions soulevées : nuque, dos, entre les omoplates, taille, dessous des genoux, par exemple, sont celles où les muscles sont trop courts.

Ces rétractions, mises en évidence dans cette position, ne lâchent jamais, même dans le sommeil. Je me demande si l'activité inconsciente des rêves ne contribue pas à maintenir ces rétractions en les relâchant juste assez pour continuer le lendemain. D'ailleurs le début d'un travail corporel amène souvent une période intense de rêves, un branle-bas du dehors et du dedans, du caché et du visible, des mécanismes du système nerveux et du système musculaire.

Après ces quatre positions de contact avec le sol et avant de décrire d'autres préalables, je voudrais dire clairement ma « position » par rapport à la respiration. La respiration intervient dans ce travail, mais n'est jamais isolée, jamais un exercice en soi. Les mouvements du diaphragme agissent du dedans en alliance avec les muscles plus superficiels du dos, des côtes, du ventre pour sculpter la forme parfaite. Chacun sait que la respiration est indispensable au maintien en vie d'un organisme. Mais quand on a dit « respiration », il ne faut pas croire qu'on a tout dit : elle n'est pas davantage essentielle que la circulation sanguine ou le fonctionnement du foie.

Dans certaines thérapies émotionnelles, la respiration est, cependant, la base du travail, le « starter » qui va permettre de manipuler le patient pour l'amener à destination. Une respiration inhabituelle, accélérée, modifie l'équilibre chimique de l'organisme et produit, très rapidement, « la réaction » : tétanie, pleurs, sueurs, perte momentanée de contrôle. Savamment conduites, de telles thérapies sont sans doute salutaires pour ouvrir une brèche dans la carapace musculaire de certains patients. Mais seront-ils pour autant harmonieux par la suite ?

Je cherche, moi aussi, à désorganiser les résistances du patient, mais en même temps à lui donner les moyens de restructurer son organisation nerveuse et musculaire. J'avoue être parfois tentée de bousculer certains patients. Le blocage de la respiration étant le plus évident, le plus déformant, l'expression de la plus grande résistance, j'ai envie parfois de crier à ceux qui « ne respirent pas » : « Soyez vivants ! » Mais à quoi bon ? Plus que tous les autres, les mouvements de la respiration sont internes. De ce verrouillage, vous seul possédez la clef. Je ne peux que tenter de vous préciser votre forme parfaite, virtuelle, cachée. Par la suite, c'est à vous de faire connaissance avec les muscles spinaux, de chaque côté de la colonne. En accordant à ces muscles un peu d'attention, puis un peu de liberté, vous pourrez libérer un peu le diaphragme.

5. Allongé sur le sol, jambes parallèles, bras de chaque côté du corps, paumes contre le sol, essayez de sentir l'appui du crâne contre le sol. Entre les oreilles. Puis essayez de sentir comment s'appuie – ou pas – la colonne, dans sa totalité, du crâne au coccyx.

À chacune des douze vertèbres dorsales (du bas de la nuque à la taille) s'articulent deux côtes de part et d'autre. Avez-vous la sensation que le dos respire contre le sol ? Si le dos est très soulevé, il ne peut ni respirer contre le sol ni s'y appuyer. Par ailleurs, les côtes, en avant, seront soulevées d'autant. Un creux derrière correspond à une bosse devant.

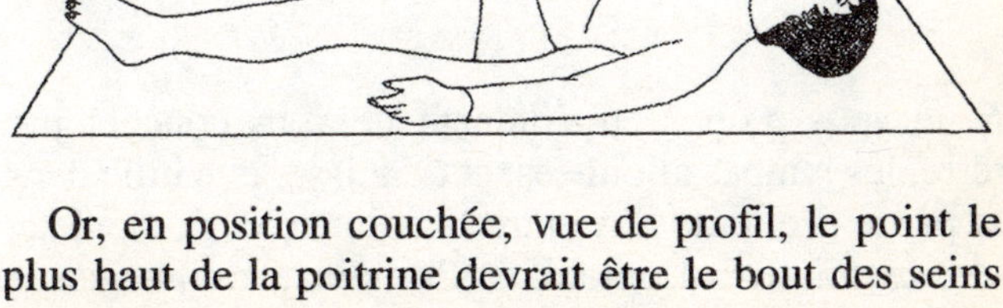

Or, en position couchée, vue de profil, le point le plus haut de la poitrine devrait être le bout des seins (ou des mamelons) et, à partir de ce point, la ligne doit descendre en pente douce jusqu'au pubis.

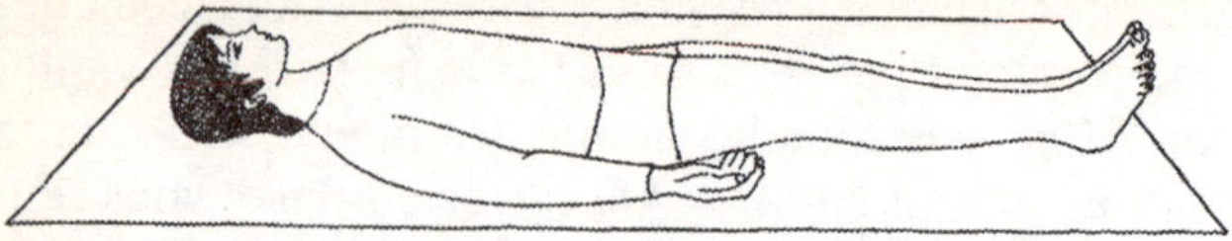

Cette forme parfaite est inhabituelle à nos yeux : l'été, les murs de la ville se couvrent d'affiches de bronzés souriants exhibant un thorax déformé, visiblement bloqué en inspiration.

Mais s'imagine-t-on qu'il soit possible de mouvoir les côtes ? Je ne veux pas dire inspirer plus fort, de façon plus ample (car le blocage est toujours en inspiration) ; je ne veux pas dire retenir l'air déjà inspiré, comme on retient ses larmes ou ses cris. Je veux dire mouvoir la poitrine en l'abaissant. À vrai dire, se dégonfler, après s'être bloqué la vie durant, toutes côtes dehors, demande parfois un effort athlétique.

Je remarque que certains, habitués à un effort démesuré pour conserver la contracture de leur dos, sont effrayés de contracter le diaphragme ou le ventre pour expirer. Ils sont programmés de telle sorte que contracter à l'envers des habitudes les déconcerte. « Mais je suis venu me détendre », disent-ils, ignorant que la détente – l'allongement plutôt – de l'arrière du corps peut amener une contraction intense et bénéfique de l'avant du corps.

6. Je vous propose maintenant de vous coucher par terre, les jambes allongées, et de glisser une bille dans la partie droite du dos entre la colonne et l'omoplate, vers le milieu de l'omoplate (l'omoplate est une partie du dos mal connue : son angle inférieur est plus bas qu'on ne le croit généralement). Si le dos est douloureux, vous pouvez commencer ce préalable les jambes fléchies, talons au-dessous des genoux, et n'allonger les jambes que par la suite. Vous pourrez ensuite vous servir d'une noix plutôt que d'une bille.

Une fois installé, vous découvrirez votre inconfort... qui sera à la mesure des contractures des muscles spinaux. Toutefois, essayez de sentir que vous fabriquez vous-même ces contractures. Essayez de sentir que vous pouvez faire le chemin inverse et les défaire.

Posez largement tout ce qui peut s'appuyer sur le sol, loin de la bille : les talons, les mollets, les fesses, les mains, les coudes, les bras, la tête. Roulez doucement la tête vers la droite, en essayant de trouver l'appui entre les oreilles. Chaque fois que vous roulez la tête, essayez de poser l'oreille droite. Laissez la bouche ouverte et soufflez par la bouche, sans rétrécir les lèvres, sans bruit. L'effort pour expirer ne se fait pas au niveau des lèvres, mais plus profond, dans le diaphragme, les muscles intercostaux, le ventre. Libérez les passages du haut : larynx, lèvres. Ainsi le mouvement sera plus précis et plus intense au centre de votre corps. Puis, autorisez-vous à respirer contre la bille, vers le dos, en prenant appui sur les muscles tout autour de la bille, puis sur la bille même. Soufflez vers cet endroit précis en roulant la tête et en abaissant les côtes à droite. Puis inspirez, peu, brièvement, vers la bille.

Enlevez maintenant la bille. Comparez le côté droit et le côté gauche de votre corps. Laissez venir les informations qui vous permettront peut-être de trouver votre place – toute votre place – au sol (et qui vous aideront peut-être à mieux trouver aussi votre « place au soleil »).

Pour les préalables suivants, il faut une simple barre de bois arrondie, un mètre de long, trois centimètres de diamètre.

7. Debout, pieds joints, chevilles, genoux, hanches souples, « bien balancés », essayez de faire tourner les cuisses vers l'extérieur. Sans séparer les genoux. Ainsi, les jambes tendront vers leur forme parfaite. L'œil comme les hanches devraient se familiariser avec cette forme. Maintenant posez les talons sur la barre. Plutôt vers l'os calcanéum. Tournez à nouveau les genoux vers la forme parfaite. Étalez les orteils. Posez le dessous des orteils sur le sol. Essayez d'écarter le gros orteil droit en dedans. Puis essayez d'écarter le cinquième orteil en dehors. Faites les mêmes mouvements à gauche. Laissez descendre le poids du corps sur les deux talons, sans décoller les orteils allongés au sol. Intéressez-vous aux os des talons, au sacrum qui termine votre colonne, à vos omoplates, à votre crâne entre les oreilles. Sentez-vous ces os de l'arrière de votre corps sur un même plan ?

Maintenant descendez de la barre et posez les pieds. Laissez venir les sensations peut-être neuves. Promenez-vous dans la pièce. Prenez le temps pour recueillir les informations venues du bas.

8. Installez-vous maintenant les avant-pieds sur la barre. Plus précisément, posez la région du « coussinet », après les phalanges, là où se trouvent les têtes des métatarsiens. Pieds joints, c'est inconfortable. La musculature de l'arrière du corps est trop courte et trop raide pour permettre le confort dans cette position. Observez comment tout votre corps tente instantanément de s'adapter à la demande (une fois de plus) et s'organise pour pallier le manque. Cet empressement à obéir « quand même » n'est que la caricature de ce que nous faisons quotidiennement. Observez que, devant la menace d'un allongement des muscles postérieurs, les cuisses tournent en dedans et les pieds tournent en dehors.

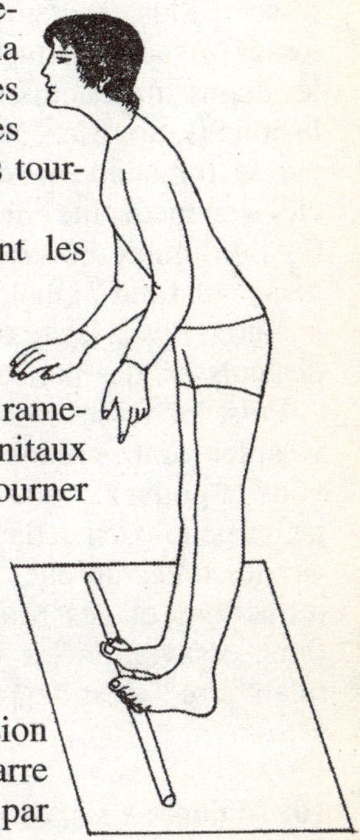

Les fesses reculent, creusant les lombes, et la tête ne sait où se placer.

En fléchissant très légèrement les genoux, pouvez-vous ramener le sacrum et les organes génitaux vers l'avant ? Pouvez-vous tourner les cuisses vers l'extérieur, dégageant ainsi les plis de l'aine ? Pouvez-vous laisser les pieds parallèles, dans l'axe ? Ces mouvements représentent une mise en tension extrême. Descendez de la barre maintenant et posez les pieds par terre. Observez.

9. Vous vous servirez aussi du bâton pour ce préalable. Laissez-le par terre, près de vous, et allongez-vous.

Soyez attentif à vos appuis. Puis asseyez-vous, jambes allongées, vous soutenant les mains posées de chaque côté sur le sol. Apprenez aux yeux à distinguer la forme parfaite des jambes. Réunies, se touchent-elles aux chevilles, en haut des mollets, aux genoux, en haut des cuisses ? L'arrière des genoux peut-il s'approcher du sol ?

Maintenant, pouvez-vous poser ce bâton sous les fesses ? Plus exactement, sous les ischions, les os des fesses qui appartiennent au bassin. Pouvez-vous poser les mains sur les cuisses, paumes vers le ciel ? Ouvrez la bouche. Soufflez. Ne retenez pas votre souffle. Puis, par la fontanelle postérieure (appelée « la porte du ciel » en médecine chinoise), pouvez-vous grandir, étirer l'ensemble du crâne, de la nuque, de la colonne vers le plafond ? Quelques secondes suffiront. Enlevez le bâton. Posez les fesses. Observez leurs appuis, celui des cuisses, des jambes.

Puis, les fesses plus « présentes », allongez à nouveau les jambes réunies. Faites-les aussi parfaites que vous le pouvez. Vous savez bien que vous n'êtes pas né les genoux en dedans et les pieds de travers. Observez-les telles qu'elles sont devenues par l'action des rétractions et des rotations des muscles dominants. Puis, essayez de les visualiser telles qu'elles pourraient être : c'est déjà un pas vers le changement.

10. Toujours assis, vous plantez le bâton verticalement entre les cuisses, contre le pubis. De deux mains légères, maintenez le bâton à hauteur de l'estomac. Ne vous cramponnez pas au bâton. Les épaules ne se crispent pas, elles se reposent sur le thorax. Vous maintenez le bâton vertical, pour qu'il forme un angle droit avec les jambes. Puis posez le front contre le bâton (il y a toujours une place pour le nez si on ne lève pas le visage). Ouvrez la bouche. Soufflez sans bruit, mais dans un mouvement qui abaisse les côtes.

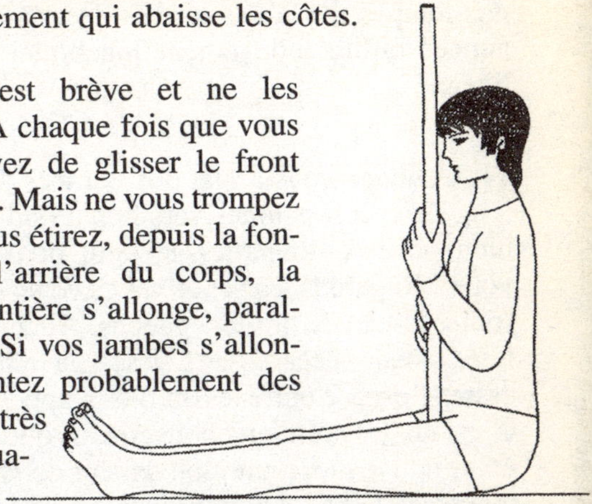

L'inspiration est brève et ne les déforme pas. À chaque fois que vous soufflez, essayez de glisser le front contre le bâton. Mais ne vous trompez pas. Quand vous étirez, depuis la fontanelle, tout l'arrière du corps, la colonne tout entière s'allonge, parallèle au bâton. Si vos jambes s'allongent, vous sentez probablement des contractions très fortes des quadriceps (muscles du devant des cuisses) et peut-être aussi du ventre. Des crampes peuvent survenir dans les quadriceps. N'ayant jamais travaillé ainsi, ils s'alarment et vous préviennent. Dans ce cas, cédez (momentanément) au chantage. Allongez-vous à plat dos. Reposez-vous. Observez les nouveaux appuis du dos.

Vous trouverez peut-être les mouvements qui suivent dérangeants, frustrants. Il se peut que vous réagissiez par des sensations de colère, ou que vous sentiez plus nettement les tensions des mâchoires, des yeux, de la nuque. Ces préalables ne sont pas cependant destinés à faire « sortir » vos émotions, mais à vous informer sur vous-même, à vous donner de nouvelles bases de réflexion. Ce travail peut apporter des modifications de votre équilibre nerveux et, par conséquent, une détente. Ou bien, des réactions d'émotion peuvent survenir, surtout quand il s'agit du haut du corps, car enfermées derrière nos yeux, notre front, nos tempes il y a des larmes accumulées depuis des années qu'un mouvement inhabituel peut, soudain, libérer.

11. Couchez-vous à plat dos, jambes fléchies, bras le long du corps, paumes vers le plafond. Les yeux sont bien ouverts. Regardez le bout du nez. Le voyez-vous ? Regardez les genoux. Les voyez-vous ? Laissez rouler la tête de droite à gauche. Aucun effort musculaire n'est nécessaire. Laissez la tête, l'arrière du crâne, l'espace entre les oreilles s'appesantir sur le sol. C'est un des premiers mouvements que vous avez faits étant nouveau-né, un mouvement de va-et-vient de la tête et de la bouche pour chercher le sein de la mère. Depuis cette époque, bien des rebuffades, bien des interdits lui ont fait obstacle. Pour une cause mécanique ou émotionnelle ou les deux, des rétractions se sont installées dans notre nuque, et maintenant le mouvement est difficile d'un côté peut-être, voire des deux. Inutile de forcer pour aller plus loin. Pouvez-vous, en roulant la tête, sans la soulever, esquisser le geste d'essuyer votre bouche sur votre épaule ? À droite. Puis à gauche. Pouvez-vous, bouche ouverte, souffler de l'air chaud sur votre épaule, comme pour la réchauffer ? D'un côté, puis de l'autre, sans soulever la tête à aucun moment.

12. Maintenant, la tête de nouveau dans l'alignement du corps, tirez sur la lèvre inférieure plusieurs fois avec les doigts. Puis tirez sur la lèvre supérieure.

Appréciez la différence de sensibilité des deux lèvres. Faites-les se toucher légèrement et laissez-les se sentir ainsi.

Les pieds sont bien posés, le dos bien calé au sol, autant que vos appuis vous le permettent. La tête est lâchée autant que les tensions de la nuque vous le permettent. Ouvrez la bouche, séparez les lèvres, vivantes dans le visage, importantes, comme neuves. Essayez de laisser venir les sensations de l'air tiède glissant sur la langue. D'où vient l'air ? Des poumons, certes, mais jusqu'où pouvez-vous sentir les remous de l'air venant du dedans du corps vers le dehors ? Depuis la poitrine ? Depuis le ventre ? Depuis le périnée ?

Les yeux et la bouche bien ouverts, les lèvres lâchées, pouvez-vous souffler assez pour sentir que les côtes s'abaissent, que le nombril descend vers la colonne et vers le sol ? Laissez revenir l'air sans forcer, sans tenter de gonfler la poitrine. Ce mouvement de l'expiration contracte intensément le diaphragme, les muscles de la poitrine, du ventre. Peut-être êtes-vous inquiet de sentir une « contraction » alors que vous recherchez une détente. Mais, encore une fois, l'anti-gymnastique n'est pas de la détente, mais la recherche d'un équilibre différent.

L'expiration complète met en mouvement la poitrine, les côtes, des zones si cuirassées que la plupart du temps rien ne bouge. Ou bien, lorsqu'il y a mouvement des côtes, le ventre se pousse en l'air, accentuant le blocage lombaire et génital. Dans ce mouvement, des douleurs dans le dos peuvent survenir, si enfin il réussit à toucher le sol. En effet, le diaphragme s'attache en arrière sur les vertèbres lombaires et sur leurs disques. Un diaphragme immobile « protège » le dos raidi en arc de cercle contre une douleur qui ne manquerait pas d'arriver s'il y avait un allongement des muscles du dos et des lombes. Il est difficile, je le sais, de se rendre compte que cette protection est pire que le mal, qu'elle a été efficace à un moment de l'existence contre un traumatisme physique ou une peur, mais qu'elle est maintenant caduque et nuisible.

Une personne qui essaie de respirer fait, généralement, grand bruit avec la bouche et la gorge, donnant ainsi tous les signes – extérieurs – d'une respiration. Pouvez-vous ramener l'attention sur les lèvres vivantes, larges, ouvertes, sur la langue large, elle aussi, sur la gorge desserrée. Puis essayez encore de souffler par la bouche. L'effort, intense, n'est pas à la périphérie. Il n'est pas dans les lèvres. Il est plus profond. Il est dans le « centre » du corps. Essayez de respirer d'une façon homogène. Côtes et ventre s'abaissent ensemble à l'inspiration.

Notre organisation musculaire et nerveuse est telle que l'inspiration prime toujours. Aussi ne vous occupez pas d'elle. Accordez toute votre attention à votre expiration. Essayez de trouver la souplesse nécessaire pour faire deux mouvements successifs entièrement différents dans un temps bref, le temps d'une respiration : une contraction sévère, homogène (sur l'expiration) suivie aussitôt d'un relâchement (sur l'inspiration). Il est très difficile d'avoir cette souplesse d'adaptation à un mouvement… ou à une situation.

Lorsque le cerveau et les muscles auront déclenché et enregistré ces mouvements, oubliez ce préalable. Oubliez la respiration. Oubliez de la contrôler. Chaque contrôle extérieur ou intériorisé est un obstacle au sain fonctionnement de l'organisme.

Je ne voudrais pas vous laisser croire qu'il est facile

de déclencher les mouvements d'un diaphragme ou de côtes bloqués. Ce travail est constamment associé à un allongement des muscles spinaux. (Vous pouvez l'incorporer dans le préalable n° 6, avec la bille ou la noix.) En effet, si les muscles antérieurs n'ont pas la force de mouvoir et de faire descendre les côtes et le ventre, si la respiration est entravée, n'oubliez pas qu'elle est entravée *derrière* par la raideur et l'excès de force de vos muscles postérieurs.

13. Maintenant, genoux fléchis, toujours à plat dos, pouvez-vous voir votre nez ? Pouvez-vous voir vos genoux ? Ramenez le regard sur le bout du nez. Vous louchez, bien sûr. N'ayez pas peur. Que voyez-vous ? Les deux côtés du nez ? Un seul côté ? Si vous ne pouvez pas voir le côté gauche du nez, peut-être vous rendrez-vous compte que c'est le pied gauche qui fait problème ou que c'est à gauche que vous avez de la difficulté à tourner la tête ou que vous ne pouvez pas remuer l'épaule gauche. Un hasard ? Peut-être que non…

Vous pouvez continuer à regarder alternativement le bout du nez puis les genoux sans vous bloquer en inspiration, en laissant se faire de très petits mouvements de la nuque. Une étape vers le mouvement « oui », qui indique davantage de maturation…

Libre à vous ensuite d'explorer seul les lèvres, le visage, le corps. C'est une exploration souvent trop vite réprimée chez le petit enfant parce que socialement inacceptable. Cependant le contact des doigts sur le corps est une sensation des doigts et du corps ensemble. Elle est indispensable à l'information et au développement harmonieux de l'enfant. « Sucer son pouce » informe la bouche comme le pouce et fait plaisir à l'un comme à l'autre. Cependant cette exploration reste en circuit fermé. Plus tard, la sensation s'ouvre sur l'environnement, par le contact de la peau, du regard. Ouverture réussie si la phase précédente est réussie.

14. Je vous propose maintenant un travail de contact avec la terre et avec une autre personne. Couchez-vous tous les deux un instant à plat dos et observez vos appuis au sol. Puis, sans que vos corps se touchent, asseyez-vous dos à dos, jambes allongées. Essayez chacun de sentir le contact des fesses au sol, des cuisses, des mollets, des talons. Le dos des mains est sur les cuisses, paumes en l'air. Pouvez-vous un instant grandir par la fontanelle postérieure ? Puis approchez-vous et entrez en contact par le dos (peu importent vos tailles respectives), par les épaules, si vous le pouvez, par la tête. Laissez venir les sensations. Votre contact est-il large et long ? Comment est-il au niveau du sacrum, en bas de la colonne ?

Les lombes sont-elles en contact ? Et les omoplates ? Et la région entre les omoplates, qui n'est souvent que nœuds et contractures ? Laissez les yeux bien ouverts. Essayez chacun de grandir par la fontanelle postérieure. N'arrêtez pas la respiration. Ouvrez la bouche, lèvres lâchées, et soufflez sans bruit. Ne craignez pas les contractions des quadriceps (les muscles du devant des cuisses).

Il existe un envers et un endroit du corps et la peau de chaque face est différente. Avez-vous prêté attention à la texture de la peau en avant du corps et en arrière ? La pulpe des doigts est plus sensible que les ongles et plus fine. La peau de l'intérieur du coude, de l'avant du bras, de la poitrine, du ventre et de l'avant des cuisses est plus fine que celle du dos du coude, du dos et de l'arrière des cuisses. La peau du visage est plus fine que le cuir chevelu.

Par la peau du dos, plus coriace que celle de l'avant du corps, que ressentez-vous de l'autre ? De sa respiration ? De la vôtre ? De votre chaleur ? De la sienne ? Comment ce dos entre-t-il dans votre territoire ? Avec douceur ? Délicatesse ? Agressivité ?

Laissez venir un son de votre corps. Le son franchit les lèvres, mais de quelle région du corps vient-il ? Poitrine ? Dos ? Ventre ? Gorge ? Tête ? D'où ? Est-ce que chacun de vous peut tour à tour dire une phrase ? Celle qui vient spontanément. N'importe laquelle. Où se dirige le son de vos paroles ? Par où l'autre l'entend-il ? Comment votre voix entre-t-elle dans le corps de l'autre ? Par le dos ? Par la tête ? Quelle est la charge émotionnelle, la couleur des mots ainsi émis et écoutés dos à dos ?

Maintenant séparez-vous, mais ne vous éloignez pas tout de suite. Puis allongez-vous à plat dos. Comparez votre dos d'avant et celui de maintenant.

15. Maintenant, ensemble, placez face à face tout le tendre et tout le vulnérable de votre peau et de votre corps. Vous êtes assis jambes allongées. Leur forme est aussi parfaite que vous pouvez vous le permettre (pas de genoux en dedans). Les pieds sont à angle droit avec la jambe, orteils vers le ciel. Vous êtes posés sur les ischions, paumes vers le ciel, dos des mains sur les cuisses. Les épaules reposent sur le thorax. Vous appuyez les quatre plantes de pied ensemble. Vos yeux sont bien ouverts. Vous vous regardez dans les yeux. Votre bouche est ouverte et vous soufflez, sans bruit, de l'air chaud qui monte de la poitrine et du ventre. Ensemble vous grandissez par la fontanelle postérieure. Ne vous quittez pas des yeux.

Parfois, au cours de ce préalable, nous nous servons du son de la voix. Voulez-vous en faire l'expérience ? La voix est projection de soi vers l'autre. On a la voix de ses muscles, de son corps, de son système nerveux. Émettre un son, c'est occuper l'espace. Soit pour charmer, soit pour agresser. Celui qui ne sait que prendre la fuite est généralement silencieux. Laissez venir les sons qui sortent des lèvres et que provoque la mise en tension du corps, des regards, de la respiration. Sons de tendresse ? De colère ? Ou bien « sons de silence » ?

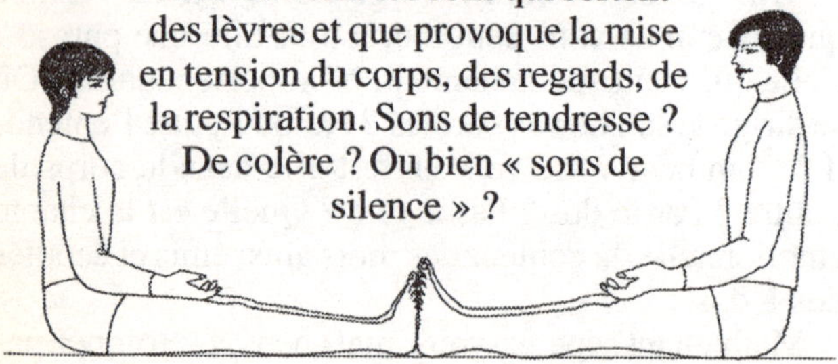

Bibliographie

Balmary M., *L'Homme aux statues*, Paris, Grasset, 1979.
Brown B., *New mind, new body*, New York, Bantam, 1974.
Eliade M., *Occultisme, sorcellerie et modes culturelles*, Paris, Gallimard, 1978.
Feldenkrais M., *La Conscience du corps*, Paris, Robert Laffont, 1971.
Foucault M., *La Volonté de savoir*, Paris, Gallimard, 1976.
Freud S., *Introduction à la psychanalyse*, Paris, Payot, 1976.
Freud S., *Malaise dans la civilisation*, Paris, Presses universitaires de France, 1976.
Johnson D., *The protean body*, New York, Harper and Row, 1977.
Laborit H., *L'Agressivité détournée*, Paris, Union générale d'éditions, 10/18, 1970.
Laborit H., *L'Homme imaginant*, Paris, Union générale d'éditions, 1970.
Laborit H., *Éloge de la fuite*, Paris, Robert Laffont, 1976.
Levadoux D., *Renaître*, Paris, Stock, 1979.
Lowen A., *Le Langage du corps*, Paris, Tchou, 1977.

Lowen A., *Pratique de la bio-énergie*, Paris, Tchou, 1978.

McDougall J., *Plaidoyer pour une certaine anormalité*, Paris, Gallimard, 1978.

Perls F., *Rêves et existence en gestalt thérapie*, Paris, EPI, 1972.

Perls F., *Gestalt thérapie*, Paris, Stanke, 1977.

Rolf I., *Rolfing : the integration of human structures*, Santa Monica, Dennis-Landsmann, 1977.

Rolf I., *Ida Rolf talks about rolfing and physical reality*, New York, Harper and Row, 1978.

RÉALISATION : IGS-CP À L'ISLE-D'ESPAGNAC

GROUPE CPI

Achevé d'imprimer en décembre 2007
par **BUSSIÈRE**
à Saint-Amand-Montrond (Cher)
N° d'édition : 96966. - N° d'impression : 72056.
Dépôt légal : janvier 2008.
Imprimé en France